人間の道理

曾野綾子

河出書房新社

人間の道理＊目次

第一章

危機と道理——平穏だけを望んで生きることはできない

第二章

清潔志向の行く末——ウイルスを回避しすぎることが本質ではない

第三章

社会的距離の取り方——つながりと孤独、そのさじ加減

第四章

死、別離を恐れない——人は皆、思いを遺して死ぬ

第五章

自力で解決する——社会が決めたルールに同調する必要はない

第六章

失業と生活苦——小さな目的の確かさと豊かさ

第七章

平常心を保つ——動揺は、自らをも破滅させる

第八章 絶望の価値を知る――「自分は不幸」という固定観念をなくす

ブックデザイン　鈴木成一デザイン室

人間の道理

まえがき

　幸福なことに、私は一生、あまり書くことに困らなかった。原稿の「注文」を受ける時、私は原則として書くことがなければ引き受けなかったからである。「そんなこと当たり前でしょう」と言われそうだが、このルールを守り通せる作家はあまり多くない。もっとも作家の実生活としては、とりあえず引き受けておいて、それから慌てて書くべきことを探す、という方が普通なのだ。私もまた、長い年月の間に、マスコミと自分をそんなふうに騙し続けながら生きてきた面もある。

　結果として私が作家としての生活をやめたいと一度も思わなかったのは、書くことがある限り、作家としての暮らしを続け、なくなったらやめればいい、と思っていたからだ。きわめて当然で、むしろ凡庸な考え方だと思うのだが、そんなことを、公然と口にする人もあまりいないし、口にしたらバカにされるだけだったからかもしれない。

この本が生れた個々の文章の背後のことは、（細部はほとんど忘れているのだが）成り立ちの大ざっぱな心理的経過まで私は思い出せる。私は生れてこの方、古い運動靴をはいてずっと人生を歩いていたような実感がある。

高級な目的もない。出世や金儲けとも一応無関係だ。さし迫った戦火や災害に追われ続けている、というのでもない。しかし私は人生を歩き続けている方が楽で、しかもその間小さな仕事を与えられていたのでその仕事を果すべきように感じていたから、歩いていたにすぎない。

この時間、人間の生き方はさまざまだ。ベッドに横たわっている人もいる。バーでお酒を飲んでいる人もいる。管理職のポストにいて、いつも「部下」だという人が、そばに控えている人もいる。

それなのに、私はいつも自分のことは自分でしてきたのだ。足を怪我した時を除いて、私は今でもそこそこ健康そうに歩いている。バケツと雑巾をぶら下げていることもある。実は、私の本性では掃除という作業はそれほど嫌いでもないのだ。しかし私の「理性」（？）がそれを嫌っている。バケツや雑巾を見下しているのではない。私は「それほど好きではないこと」もやっている自分が嫌いなのだ。しかし人間はほんとうに好きなことだけやることもできない。私の場合、純粋に好きなことの中には、あり合わせの材料でお惣菜を作ることも入るのだが、そうそうお惣菜ばかり作っていたら、冷蔵庫の中が無駄な食物でいっぱいになる。それも美しい光景ではない。

人間はこの地球上の哺乳類という動物だ。だから自分の存在の重さを、それ以上にもそれ以下にも、あまり大きく逸脱して感じない方がいい。その時に初めて自分になれる。

人間当たり前なことの意味から、はっきりと学んでスタートする方がいい。それでこそ足許がふらつかないで済むし、幸運な人ならすばらしいアスリートにも登山家にもなれるかもしれない。

それが、人間のささやかな道理というものだろう。

二〇二〇年　夏

曾野綾子

第一章

危機と道理

平穏だけを望んで生きることはできない

病気に罹らず生き延びることだけでも幸運

私と私の世代は、この世に安全があるなどと信じたことがなく育った。戦争では、たった一晩の東京大空襲で、約十万人が焼け死んだ。そうでなくても、まだ抗生物質のない時代には、人間はチフス、赤痢、肺炎、結核などの病気に罹（かか）らずに生き延びることだけでも幸運と言わねばならなかった。人間の生涯の原型は、星明りの中で虫けらのように生まれて、夕映えの光の中ではもう死んで大地に還って行くような儚い面があると、私は覚悟させられていたのである。

今度の地震でも、比較的老年の人はほとんど動揺を示さなかった。多くの人は、幸福も長続きはしないが、悲しいだけの時間も、また確実に過ぎて行く、と知っている。どん底の絶望の中にも、常に微（かす）かな光を見たからこそ、人は生き延びてきたのだという事実を体験しているのである。

明日まで生きていられるかさえわからない

子供の私にとってもっとも辛かったのは、激しい空襲の最中、自分が明日まで生きていられるかどうかさえわからない、という恐怖に怯えたことであった。私は特に音楽の耳があるというわけでもなかったのだが、今落とされた爆弾の落下音は、前のより近くに落ちるだろう、ということがわかるようになってくる。その数秒が死の予感だった。現実に我が家の隣家に焼夷弾が落ち、直線距離で五百メートルほどのところに爆弾が落ちて、子沢山の一家九人が全滅した。

人間は病気をコントロールできない

エボラ出血熱やラッサ熱のような原因不明の感染症が原因で、大量の人間が死ぬこともあろう。エボラ出血熱の原因はまだ確定していないようである。むしろ流行の終(しゅう)

焉はは っきりした理由もなく、対策も講ずる間もなくやってきた。それが実は無気味である。人間が病気をコントロールできない、ということなのだ。

ワクチンと抗生物質で助かる命は限られている

ワクチンと抗生物質が入ってくれば、乳幼児の死亡率は減るから、人口はたちまち増え、それはすぐに食料の不足に結びつく。人口が増えれば供給も増えるのが当たり前でしょう、と日本人は気楽に言うが、そんな「高級な操作」がたちどころにできる政府は地球上に決して多くはないのだ。

人々は昔から、あるものを分け合ってきた。だから飢饉になれば、人間は痩せてしまって赤ん坊などは老人のような顔になる。いや飢饉でなくても、そういう顔をした赤ん坊は、いつでもどこにでもいる。春菜も来てすぐそういう子供を何人も見た。貧しいから母親自身の栄養が悪くてお乳が出ないか、上の子が半年か十カ月になるともう下の子を妊娠するのでお乳の止まってしまう母がいい加減な離乳食を与えている赤ん坊には下痢が止まらなくなっている子が多い。

一家の中で、子供が何人か死ぬのは仕方がない、と人々は思っている。死ぬ分だけたくさん産んでおいて、必要な労働力を確保しようという計算はどの家族にもある、という。

そのような形で自然に人口は調節されてきたから、乏しい食料で人々は何とか生きてきた。

人間があちこちで見捨てられている国もある

「子供でも若い人でも、歩けない人がたくさんいるでしょう。拾ってきた木箱に盗んだ車輪をつけたり、四隅に車をつけただけの板の上に座って手で地面を漕いでいるような障害者がたくさんいるわ。田舎ではワクチンなんて投与できないから、子供でも若い人でも、小児麻痺にかかって歩けない人がたくさんいる。防げる病気が防げてないことを、マルセルはずいぶん気にしてたわ。ああいうことから解決しなきゃいけない、って言ってね」

「まだ解決できてないんですね」

「政府はやっている、と言うけど、基本的には貧しい人のためにお金を出すのは嫌なのね。また政府にそんな予算もないでしょう。何しろ税金を払える人がそんなにいないし、払える人は何とかして払わないようにしようとしているわけだから。だからあちこちに平気で見捨てられている人がいるの」


春菜は最近の日本では、電動車椅子や、手動だけで運転できる自動車が普及していることを、ここで口に出すことは憚(はばか)られるような気がした。この国では、市場の周辺に、物乞いとかっぱらいを兼ねた歩けない人たちが群をなしていても、誰もが馴れてしまって悲惨とも感じていないのだから、あまりにも落差が激しすぎるのである。

人間は、いささかの悪と共存しながら生きている

人間というものは、必ずいささかの悪と共存しなくては、生きていけない存在だと

思い始めたのは、もう子供の時からのような気がする。

　大体、人間はものを食べるし、その結果排泄もする。地球をきれいにするなら、人間の存在そのものをやめるのが一番いい。やめないなら、せめて死んだ後、お棺に入れて燃すなどというもったいないことをしてはいけない。お棺は木でできているから、自然破壊の一つの行為である。その上、燃すということも、エネルギーを消費し、大気汚染に加担することになる。遺体はすべて化学工場で分解して、有機肥料にして、生きている自分の子孫のために役立てるというくらいのことを提案する環境保護主義者がいてもいいと思うのだが、そういう場合になると、人間の尊厳に関する議論ばかりが出てきて、環境保護の話は全く後退してしまうのが不思議である。

　人間は常にいささかの悪をしながら、時にはかなりの善をなすこともできる。この感覚が大切だと私は思っている。自分の内部におけるこの善悪の配分の時に必ず起きる、一抹の不純さの自覚が、人間を作るのである。

望んでも生きられない命もある

「一歳半で肝硬変ですか、こんなに発育もよさそうなのに」（中略）

「助かりませんか」

「だめだと思います」

彼らが喋るのをやめたのは、その時、その子の母と覚しき女が入ってきたからだった。その女は髪を真中から分け、紺色のスカートに白いブラウスを着ていた。彼女は、副院長や貞春たちのいるのに目もくれず、眠っている子のそばに腰を下ろした。それから、

「霞ちゃん、霞ちゃん」

と目も醒まさず答えもしない子を呼んだ。

もっとも、その母が、病児の名を口にしたのはそれっきりだった。彼女は小さな寝台にこれ以上寄りそえないほど小さな木の椅子を近づけると、黙って眠っている子の

頭を、いつまでも繰り返し撫で始めた。

ドアも壁も台も流しもないエイズ検査場

もっとも村落の中のエイズ検査場なる場所はもっと完璧に何もなかった。唯の空き地に、葦簀（よしず）のようなものが何枚か立てかけられており、それが部屋に見たてられているだけだった。そのうちの一つに検査室という紙が貼られていたから、それがつまり検査室のつもりなのである。そこにはもちろんドアも壁も、台も流しも電灯もなかったし、それ以前に屋根も床もなかった。

完全をめざしすぎると、どこかに無理が出る

「一つだけ言いたいのは、完全を望まないでほしい、ということですな。無理すれば、どこかに無理が逃げて行く道理でしょう。人間が望むのはいい。どれだけ望んでもい

い。人間はもともと強欲なものですからね。科学の進歩がいけないというのでもない。ただ、不思議とそれをやりすぎると、どこかに無理が出る。（中略）医者は人間の弱点を《補強》するのに全力をあげるけれど、それでも《先天的》にどうにもならない部分がある」

一方で人が死に、一方で運のいい人が生き残る

何度かの空襲を体験しているうちに、私はこうした障害を乗り越えるこつを少しは覚えたらしい。夜間の空襲で、多くの人が死んだかもしれないが「私は生きている」という喜びを感じるこつを覚えたのである。少なくとも昨夜までのところ私は幸運だった、という実感である。それと同時に幸運を通して、私は人生を考えた。幸運というものは、全く個人の能力と関係ない。私の努力、私の判断力、私の忍耐、私の冷静さ、そんなもの総てとは無関係に、私の幸運は私にすり寄ってくれた。

一方で人が死に、一方で運のいい人が生き残る。この非情で筋道の通らない、決し

て平等とは言えない結末を、私は骨身にしみて感じた。その結果、私は戦後人間は平等だなどという美辞麗句が人々の間に浸透した時も、決してそんなことを信じなかった。

この世を正しく生きた人も、不当な目に遭う

運の観念なしに今回の地震を見ることはできないのである。

それはもっとも厳かで根源的な、そして誰にも操作できない力である。つまりどうしてあの人は死に、自分は生きていられたかということになると、「運」以外の答えを見つけることは困難だ。

旧約時代の人々は、老、病、死、をその人の行いの結果だと考えた。つまり人間が何か悪いことをすれば、老、病、死という暗い結末をもって報いられると考えるほかはなかったのである。

しかしこの世を正しく生きた人も、しばしば不当な目に遭う。ことに今回のような、

同じ小学校の同じクラスに通う子供が、一人は死に、一人は生きたという、この不平等に対しては、如何なる知恵者をもってしても充分な答えを出すことはできないだろう。まだ学齢にも達しないような幼い子供が、人間の罪の罰として、死を受けなければならない理由などどこにもないからである。

メロンの切り身は、決して平等ではない

私の友達が今でも話してくれるのは、六人兄弟がメロンを分ける時の光景だ。もちろん子供にとってメロンをもらえる機会などというものはそんなに多くない。何か特別な時、親戚やお客がこの貴重品をくれた時だけだ。

まず母がそれを六等分する。子供の多い母親は、菓子や果物を均等に切る技術に長けている。それにもかかわらず、子供たちはメロンの切り身は、決して平等に均等などではないことを知っている。これも人生の偉大な哲学だ。どれを選ぶかはじゃんけんで決めるのだという。一番上の兄は、最初から眼を凝らして、大きさを見ている。

そしてじゃんけんの時には、何やら怪しげなおまじないをして一番になることを狙う。

私はこの話が大好きだ。食物の分配の時に人間は一番はっきりと自分を出す。生存権、領土問題も、この範疇に入るかもしれない。子供の時は、誰もが健康に動物になる。しかし父や母になると、自分は食べずに子供に食べさせる人間になるのである。

苛めは動物の基本的情熱の一つ

苛めは、動物の基本的情熱の一つの形だと私は思っている。現在の人間は捕食動物ではないが、多くの土地では未だに部族社会の残滓（ざんし）を留めた社会形態をとっているから、自分の所属するグループを守るために、弱小の群れか個体を攻撃することになる。弱者をやっつけて、力でさまざまなものを奪い取る、というエネルギーの移動の姿は、大して珍しいものではない。

人間という性悪な生き物

日本人の多くは、人は皆いい人という性善説が好きですが、私のように性悪説だと、人と付き合っても感動することばかりです。誰でも嘘をつくだろうと思っていると、騙されなかったり、むしろ救ってもらったりする。その時、自分の性格の嫌らしさに苦しむことはあっても、いい人に会えてよかった、という喜びは大きい。

しかし、最初から皆いい人で、社会は平和で安全で正しいのが普通だと信じ込んでいると、あらゆることに不用心になって、よくて当たり前と感謝すらしなくなる。それだけでなく、自分以外の考え方を持つ人を想定する能力にも欠けてきます。

誰かが生き残るために、別の人間の命が奪われる

人間の長い歴史の一部は、人がその生命を犠牲にすることによって保たれてきた面

がある。医学にも、人命救助にも、戦争にも自分が死んで他人を生かそうとする努力があった。だからと言って、今、誰かがたやすく死んでもいい、とか、誰かを犠牲にすればいい、というものではない。ただ、誰かが生き残るためには、別の人間の命が失われる必要のあることもあるという自然の道理さえ、危険思想と思われそうで、恐ろしくて口にできなくなっている現代社会は、それだけ嘘つきになっており、その分だけ別の危険をはらんでいる、と思うことがある。

鶏の命を殺める人がいて、人間は生きている

「あなたは鶏を殺せる？」

春菜はスール・ジュリアが鶏を絞めているところを見たことはなかったが、尋ねてみた。（中略）

「私は小さい時、お父さんとお母さんと市が立つ日には店を出して、鶏も売ってたのよ」

スール・ジュリアはおもしろくもないことを聞く、という表情で言った。

「弟と私が羽を持って、お父さんが鶏の首を切るの。するとお湯を沸かして待っているお母さんが羽を毟(むし)ってお客に渡すのよ」

スール・ジュリアは言いながら和んだ表情になった。一家が生活のために夢中で働いた日々が懐かしいのだろう、と春菜は思った。

「私は鶏を殺したこともないし、よく見たこともないのよ」

スール・ジュリアはむっとした表情を示した。

「じゃ日本人は、どうやって鶏を食べるのよ」

「もう鶏肉になって、包装されたものをマーケットから買ってくるの」

「だってその前には誰かが殺してるはずだわ。私たちはそのために働いてきたんだから。殺さないで食べられるわけはないんだからね」

家畜を食すことを残酷と考える理由

多くの日本人の感覚もご都合主義的なものである。少数派を除いて、多くの日本人は、イネの粒であるご飯や、魚を食べることをあまりかわいそうだとは思わない。しかし牛、豚、羊、鶏などの生命を奪うのは残酷だと考える。鯨はどうか、となると、私の家では昔も今も鯨を食べる習慣もなく味もわからない。

お魚のアラ汁をいつも食べていた私は、その中に魚の目玉が入っていても平気なのに、牛骨にはたじろいだのである。

つまり私たち日本人の大多数は、地理的にも歴史的にも社会的にも、漁業文化の中か、農業文化の中に育ったのである。主食とおかずがあり、その上そのおかずが毎日違ったものがほしいと思うのも、この二つの文化の組み合わせの結果である。

エサを工面できない野生動物は、死に絶えるほかない

自分で食物の調理のできない人は、以前どんなに偉い地位にいようと、まず生きる資格がない動物である。エサを工面できない野生動物はまず死に絶えるほかはないの

だから。自分がやっていた以前の仕事にくらべたら、料理など取るに足りないものであって、従って定年後もやらなくて当然だと思う人がいたら、まずやってみることだ。

この世の原型は「ろくでもないところ」

私自身は、現世をいつも豹変するところだとして見ていた。私は将来を夢見たという記憶がない。むしろきっと悪いことが起きるだろうと恐れる才能にかけては、人後に落ちなかった。私は一種の問題家庭に育ったおかげで、幼い頃から「苦労人」だったから、人間の生きるこの世の原型を「ろくでもないところ」だと捉えていた。今はよくても、すぐに運命は途方もなく人を裏切るような方向に動くことが多いのだから、抽象的な意味で、自分が立っている大地が揺れ動くような可能性を信じることも、それほどむずかしいことではなかった。

「安心して暮らせる日」などない

申しわけないが、世の中に「安心して暮らせる」日はない。しかしそれで普通だ。私は今でも自分の生活が、すさまじいロケット弾の標的にもならず、電気も水道も切られず、食料危機もないことを深く感謝して生きているのである。

人間の善意にはほとんど根拠がない

「安心して暮らせる」という空虚な言葉を私が嫌ったのは、それが全く実質的ではなく、いささかでも自分で思考する気力のある人の言葉とは思えないからなのだが、私は今までけっこうホラ吹きと思われている人の言葉は好きだった。イタリアでは、のんべの集まるバール（酒場）でも、宝籤（たからくじ）を売り出している。それを買った男たちは、皆いっぱい飲んだ勢いで、これが当たったらどうしようかという話をする。

「オレは当たったら、必ず百万はうちの教会のマリアさまの像をきれいにするのに献金する」

と誓うのもいれば、

「オレは、悪い男に捨てられたかわいそうな従妹に半分やる」

とか体裁のいいことを言うのもいるのだそうだ。（中略）

こうした善意は、ほとんど根拠のないことなのかもしれない。しかしそれでもなお、その空約束が個性的であれば私は好きになってしまう。

混乱は、自分で切り抜けるしかない

混乱の後は臨機応変。自分でその場を切り抜ける方途を見つけていかねばならないのだ。その時には、マニュアルも指導者もない。あったとしても、必ずしも役に立たない。臨機応変の役に立つのは、必ずしも知能でも知識でもなく、むしろ本能の場合もある。理由は説明できないが、自らの体が、「この道がいい」と教えるのだ。

植物は、自分が死んで種を保存する

農業の世界には、「みんな平等」も「みんな幸福」ということもあり得ない。自然保護などと言って、森を守りさえすれば、すべての生き物が、動物も植物もすべて、生きとし生けるもののすべてが生命を全うできるなどということはない。植物の世界には、自分が淘汰されて死んでやることで、種を保存しようという仕組みが確かに存在している。一人の落伍者も出ないように、とか、「一人の人間の命は地球よりも重い」などということは考えられない。

与えることで、自然も人間も幸福を保っている

死海は受けるだけで、決して人に（水を）与えない、という。しかしガリラヤ湖もヨルダン河もともに周辺の土地に豊かな水を与えている。だから湖のまわりには、森

が茂り、木々が葉を繁らせ、鳥たちが集い、花が咲き乱れる野が出現した。人の世界も同様だという。与えるという行為は減るようだが、実は満たされ幸福になる。

完全な善も、完全な悪も、この世にはない

人間が大切だ、と言うことは簡単だが、人間は存在するだけで、必ず自然を破壊する。水を汚し、空気を汚染し、食物を摂(と)って排泄をし、現代の生活では電気などのエネルギーを使う。自然のままでは、病気になる。蚊に喰われればマラリアになり、薬がなければ結核も治せない。

すべて折り合いだと私は思う。完全な善も、完全な悪も、この世にはない。

第二章

清潔志向の行く末

——ウイルスを回避しすぎることが本質ではない

日本のマスク習慣が認められた効果

私は消化器は丈夫なのだが、呼吸器のできはよくなくて、いつもどこか軽い問題を抱えている。今はアレルギーでよく咳をするので、いつも咳止めを持ち歩いている。喉が悪くなるのはほとんど冬で、空気が乾くと喉が痛みだす、という感じだ。飛行機で日本を飛び立ってヨーロッパまで大体十二、三時間。その間に乾燥した機内の空気で必ず喉が悪くなっている。それを防ぐのはマスクなのだが、ついこの間まで、マスクは日本人だけがかける異様な習慣だということになっていた。つまり、銀行強盗の覆面と同じような感じがあったのではないかと思う。

私は飛行機の中では、座席に座っている間だけマスクをし、トイレに立つ時はマスクを取るようにしていた。それがＳＡＲＳ騒ぎ以来、やっと一つの衛生上の措置としてマスクが認められるようになった。一応、慶賀の至りである。

手を触れあわない習慣

　初めて会った人の手を握るなんてみだらである、と感じるのは、決して私だけではない。インドやタイでは合掌する。すばらしい挨拶の方法だ。イランでは決して女性も握手などしない。中部アフリカの国でもそうであった。足を引いて、両手を両脇の前で合わせて身をかがめる。なかなか優雅な仕種である。（中略）
　今回ＳＡＲＳの蔓延（まんえん）で、一部では握手という習慣を避けようという動きがあったという。それが人間関係の節度においても、病気の感染防止の上でも、当然だと思うのだが、日本人はもうとっくの昔にそれをやってきていたのである。
　別にお辞儀ではなくて、インド式の合掌でもいいから、見ず知らずの人と手を触れ合わない習慣は、これを機に世界的に広まらないかなと、私は密かに思うのである。

手を洗う行為が目的になることの怖さ

衛生のために手を洗うのだが、それをあまり厳しく言うと、手を洗うという行為そのものが目的になり、手を洗わない人はヤバンだとか、手を洗わない人とは付き合いたくない、という反応を示すようになってしまう。私はむしろ、子供にそのような判断を植えつけることの方が怖い。

潔癖がこうじると、細菌ノイローゼになる。お金をクレゾールに漬けたり、アイロンで熱消毒したり、家中のドアの取手を、一日に二回ずつアルコールで拭いたりする。それも一通りでない煩わしさではあるが、そうなると次第に外出も交際もできなくなる。なぜならば、世間に出れば、電車の吊革には、水虫の菌がべったりと着いているに違いないし、自分の前に喫茶店のコップで水を飲んだ人は結核か梅毒だったかもしれないのである。

人間の体の自衛能力はまことにみごとなものらしい。私たちが、たまたまさわった吊革に水虫の菌がいないから、私たちは水虫にかからなかったのではない。病菌の多くはあらゆるところに遍在しているのだが、人間の体がそれに抵抗して発病しないだけなのだ、という。

たくさん食べないという簡単な知恵

アフリカへ行く前に私が用意するもう一つのことは、出発前一カ月近くなったら、食事の前に、手を洗わないことである。直前に電車で家に帰ってきた時でも、マーケットでお金をいじった後でも、わざとサンドイッチをそのまま手で食べる。少し雑菌に慣らしておくためである。

こういう私の愚かな試みに対して、専門家は「いいんじゃないですか」といい加減な返答をする人もいるし、「しかし『希釈は最高の予防なり』と言うんですよ。だからやっぱり手ぐらい洗った方がいいんじゃないですか」と改めて注意してくれる人もいる。要するに、天下の些事だからどっちでもいいのである。一番大切なことは、たくさん食べないことだ。そうすれば、体に入る菌の量も減って発病に至らない。

ウェット・ティッシュ症候群

この頃人間が身心双方の面で、不潔や不純に耐えられなくなっていると言う。一時若い人たちの間で、「ウェット・ティッシュ症候群」という病的な感覚ができていると言われたことがあった。何をしてもしなくても、すぐウェット・ティッシュで手を拭く。私の知人の大学教授はそのことに危機感を覚えて、学生を引率して外国旅行をする時、日本から日本のインスタント食品とウェット・ティッシュだけは持って行かないということを条件にした。外国へ行っても日本食を食べなければならないという心情は外国の文化を学ぶ妨げになるし、列車の窓枠に触ったりレストランの手すりに触れただけで、すぐ手指の消毒をしなければならないと感じることは、やはり一種の病的な束縛につながるものだかららしい。

ピカピカの部屋と免疫システム

私はこの数年、シェーグレン症候群という軽い膠原病の兆候に悩まされているのだが、全ての医師が賛同するのではないにせよ、この病気の原因は自己免疫疾患だという説がないでもないらしい。つまり人間の持っている免疫が自分を攻撃するらしい。ドナ・ジャクソン・ナカザワ著の『免疫の反逆』によれば、現在ではアメリカでは国民の十二人に一人、女性の九人に一人がこの疾患に悩まされているという。（中略）
この本の中に、「きれい好きは病気を招く?」という見出しの一節がある。「?」が示しているように、その説が絶対に正しいかどうかはわからないらしいが、「掃除の行き届いた室内、ピカピカに磨かれた浴室やキッチン、樹木や森林や農地をぶらぶらするよりも、ミニバンの中で多くの時間を過ごし、あまつさえ、多くの小児疾患の感染を防ぐため大規模なワクチン接種キャンペーンが実施される。こうした環境下にある子供の免疫システムは、ある意味、過保護状態にあるといっていい」のだそうだ。

潔癖と病的の間

先に下りてきたのは、中学二年生の基であった。

「おはよう、基ちゃん」

くに子は言った。

「卵はいくつ焼いてもらう？　二つ？」

中学生だから、食べるのが当然、という期待で、くに子は息子に尋ねた。答えがないのでくに子はふり返った。

息子は、ハンケチで鼻をおさえて、後ずさりするように食堂を出て行くところだった。

「どうしたの？　基ちゃん」

何か有毒なガスでも、食堂に立ちこめているという様子の息子に驚いて、くに子は尋ねた。

「臭(くさ)いよ」

「臭い？　何が？」

「食堂に、脱臭剤を撒かなかったろう？」

　それだけ言うと、基は逃げるように出て行ってしまった。（中略）

　まだほんの小さい子供だった基は、この匂いをひどく好んだ。自分でも撒いて歩いた。《殺菌作用は七日間保ちます》という意味の英語が書いてあるのよ、とくに子が説明したのが気にいって、これさえ撒けば、あらゆる菌が死滅するのが見えるような気がするらしかった。

消毒とマスクに囲まれた赤ん坊

　或る若い夫人がいた。夫は父親の経営する会社に勤めていた。金も人手もある家だから、この女(ひと)は初めての男の子を、完璧なやり方で育てようとした。

　私たちの素朴な家庭では、次に述べるような状態は起きっこないのだが、この家ではまず看護婦を一人やとった。育児室は病院の隔離室のようにして、そこへは祖父母といえども、やたらには入らせなかった。まず、手をアルコール綿で拭かせ、マスクをかけさせた。消毒とマスクをしさえすれば、いつでも入って孫の顔を眺めていいというのではなかった。赤ん坊の睡眠時間を守り、授乳の時には赤ん坊の気を散らさないために、面会時間を作った。入浴、日光浴、すべて時間通り一日として狂わせることはなかった。

私はこの話を数年後に聞いた時うろたえてしまった。この若夫人は金と人手をかけて、わざわざ子供を神経症にしたてるべく全力をあげている、という感じであった。

石けん代わりの垢すり

私は満十三歳までに、日本がかつて体験しなかったような戦争を知った。(中略)

それまでの私は、風呂に入ると、神経質なほど石けんを使って洗った。しかし間もなく、石けんは貴重品になったので、お風呂で私たちは固く絞ったタオルで、お互いに垢すりをした。垢を化学的に石けんで溶すのではなく、物理的にはぎとるのである。しかし、このことは別に悪いことではなかった。脂肪分をとりすぎることは、皮膚に悪いとされているし、こすれば血の循環にもいい。

その当時、私にとって新しく生きるための知識でないものはなかった。私はぶきっちょだから、すぐには人のようにうまくならなかったが、あらゆる「変則的生活」には、間もなく馴れたし、それがあらかじめ予測していたほど嫌なものでもない、ように思えた。

生き延びることとは、知性とは関係がない

生き延びるということとは、知性とはあまり関係がないのだ。むしろ、運動能力や、不潔や栄養のアンバランスに耐える先天的な肉体上の強靭さが要るというふうに感じたのである。

水分だけでコレラ患者を治す地域もある

アフリカではコレラは日常的な病気で、多くの子供がコレラに罹りますが、治し方は日本よりも上手なぐらいだそうです。日本の病院だったら輸液も抗生物質も翼状針も揃っていて、点滴をしながら安静にしておきますが、アフリカでそんな贅沢な治療は望めません。ですから、嘔吐や下痢の繰り返しで体の外に出るのと同じ分量の水分を入れてやります。つまり二キロぶん下痢したとすれば、二キロの水分と塩を体に入れてやる。そうすれば脱水症状で死ぬことはなく、薬や医療器具がなくても何とか患者を救うことができます。

病気は薬だけが治すものではない

「初めに言ったように、私自身、非常にこの薬については疑わしいと思っているんです。私は学者じゃないから、詳しいことはわからんのですが、あの島では大体、病気というものも個人の責任じゃない。部族というか共同体が、一つの精霊というか力(パワー)を保持していて、そのバランスをくずすと罰として病気になるという考え方です。ですから、薬品というものの知識が発達するわけがない。病気になった時は、マナンと呼ばれるシャーマンの力をかりて祈るほかはないんです」

人間は思い込むと多少は変わる

私はほんとうは決して強い女ではない。だからこそ、私は自分に暗示を与えることにした。気の持ちよう、と言った方がいいかもしれないが、人間は思い込むと確かに多少は変われるのである。

東南アジアに出かけるようになってから、私はまず、暑いことと不潔なことと食物の違いに、文句を言ったり、恐れを抱いたりするようではダメだ、と内心で自分に言い聞かせた。外国へ行くことの目的は、外国を肌で感じるためだから、日本の食糧など食べていてはいけないのは明白である。不潔は、嫌な感じではあるが、生ものを食べない、水に気をつけるなどの、或るルールさえ踏めば、それほど恐れることはない。少し不安でも、そこは我慢である。また、暑さでは、めったに人は死なない。私の経験した自然の気温の最高は、目下のところまだ五十一、二度までである。サウナの室の中が百度であることを思えば涼しいものである。

顔を洗わず、歯も磨かないことの爽快さ

人間の暮らしが清潔かどうかなどということは、あまり本質的なことではないと思うし、自分は清潔で他人は不潔だ、と比較することくらい、単純な優越感もない。日本人でも或る作家は、終戦以来歯を磨いたことがないと言っていたし、私はサハラ砂漠を縦断した時、丸五日、顔も洗わず、歯も磨かず、着替えもせずという生活をしてまったく平気だった。平気だったというだけではなく、実に爽快であった。普段自分は着替えだの、化粧だの、歯磨きだのということに何と長い時間を無駄に費(つい)やしてい

たのだろう、と改めて愕然としたくらいだった。砂漠での原始的な暮らしは、私に想像以上の豊かな時間を捻出してくれていたのである。

早く床につき、過労を避ければ、病気にならない

病気にならない第一の方法は、とにかく過労を避けることであった。そのためには、「修道院に入ったつもりで夜は早く寝るという禁欲的な暮らし」をするのである。これは汚染地域で何年にもわたって働く人たちから教えられた知恵であった。マラリアの予防薬を続けて飲むことは、肝臓に負担がかかってできない場合が多い。普段から胃腸が丈夫で薬など何でもない私が、マラリアの予防薬だけは吐いて続けられない。そうなると早寝をして免疫力を落とさないこと以外に予防の方法はなかった。

小さなお守り袋の中身

春菜は、その夜、密かにお守り袋と呼んでいる小さな袋を開けた。カトリックの修道女だから、さすがに神社やお寺のお守り札が入っているわけではないが、まだ浮世から断ち切れていないと思われるさまざまなものを、手帳ほどの大きさの袋に詰めたものであった。

父母姉弟といっしょに写った昔の写真。心臓が悪いわけでもないのに日本の友だちがくれた心臓発作に効くという粟粒(あわつぶ)ほどの漢方薬が入った壜(びん)。小さなアーミーナイフ。十ドル紙幣一枚と百ドル紙幣一枚。これは自分が使うというより、従姉が世間的なお餞別として無理やりに持たせてくれたお金が、何かの時に修道院皆のために使えるかもしれないと思って取っておいたものであった。

戦争経験が私の心身を丈夫にした

小学校四年生の時、大東亜戦争が始まった。次第にものがなくなり、生活環境は日々悪くなっていった。それをいいことに、私はどうも自分の育てられている日常は異常だと感じるようになった。人間は猿ではないのだが、大地の上で、少しくらい土に汚れた手でものを食べても生きるようになっているはずだ、という感じがしたのである。免疫などという言葉は知らなかったが、私は戦争中、女工として工場の生活も体験し、むしろ生き生きと自由な暮らしを覚え、次第に丈夫にもなっていった。

不眠症に効く別の薬

「私はね、少し不眠症の気味があるのよ。それにとても効く薬があったの」

「その、眠くなるお茶ですか」

「いいえ、主人の、ルネッサンスの話なの。主人はね、いつも寝物語に、メジチ家の話をよくしてくれた。そうすると、私はてきめんに眠くなるの。聞いてなきゃ悪いと思うんだけど、私、眠っちゃうのよ。私謝ったのよ、その度に。そうすると、主人は私が眠るために話をしてるんだから、って言うの」

死によってさえ、人間はこの世に尽くしたことになる

どんな弱者でも生きる権利がある、などというのは、人道的なようでいて、実はそこにほんとうの人間の愛が介在しない考え方なのだ。誰が生き残って誰が死ぬか、決められる人はいない。ただ大きく人間の集団が生き延びて行く方向に向って人間の生死が自然に決められていけば、死によってさえ一人の人間はこの世に尽くしたことになる。自分が生き延びる側に廻るつもりで、この論理に賛成するのではない。自分もまた、殺される側に廻ることを考えても、恭子はそう思う。五感のいくつかが欠け、行動の自由も意のままにならず、苦痛のつきまとう半病人の老人の生命さえほどほど

のところで絶（た）つことも考えてやれない今の医療なんて、人道的でもなく優しくもない。

病んでいる部分の生かし方

「健康なだけの肉体なんて始末が悪い」

私は人間の健康もそのように考えていた。一人の人間の中には多くの場合、健やかな部分と、病んでいる部分とがある。病んでいる要素が全くない方がいいようにみえるが、病気をしたことがない、という人は、逆に円満な人ではないのかもしれない。

無理、無茶、不潔、不摂生の上の健康と幸福

世の中には、一瞬たりといえども、体に悪いことはしない人もいる。しかし私は、自分の過去を振り返ってみると、無理、無茶、不潔、不養生に耐えてきた、という実績の上に、今日の自分の健康も幸福もあるような気がしてならない。

第三章

社会的距離の取り方

——つながりと孤独、そのさじ加減

外出禁止令という静かな日常

外出禁止令というものは静かなものだ、ということがその午後の春菜の第一印象だった。

別にどうという変化はない。もともとこの修道院のあるあたりは、首都の外れなのだから、普段から「静かな郊外」であった。そこへもってきて、外出禁止令でなおさら車の動きが止まっているので、ただ陽が燦々と輝き、風も吹いて、何の変化もない日曜日に、さらにもっと重厚な静寂が贈られた、という感じである。

人間と人間との適当な距離

現在私はご近所付き合いをしているが、それは決してしつこいものではなく、いきなり玄関先に訪ねるなどという無礼もめったにせず、必要があれば電話でちょっと伺います、とあらかじめ都合を聞き合わせるのである。そうでなければ、わざわざ相手を呼び出すようなことをせず、偶然先方が玄関先に現れる時を気長に待ったりする。

都会生活というものは、そのような人間と人間との適当な距離を保とうとする。そして人生で、たまたまこの一時を近所に住む、という運命を感じている。それは決して一生続くものではなく、いつかはこちらが死んだり、相手が転居したりして、終わりになるものだと思っている。

人間関係も、風通しのよさが大切

木の枝を切ることは残酷だという人がいる。「でも人間だって床屋は行くじゃないの」と私は反論する。爪だって切らなければならない。植物を育てるのは葉で、葉をやたらに切ってしまうことは厳に慎まねばならないという原則はあるが、一方で不要な枝は切り落として花や果実に栄養が行くようにするという配慮も要る。また、違った種類の植物が植えられている場合に、私の感覚では異種の植物の葉が自分に触れるのを嫌っている木が多いような気がしてならない。ほんの少し、枝が混みあわないように切ればいいだけのことなのだ。人間だって、列車の座席の隣が空くと、ちょっと気楽に感じることもあるのだし、会社の机で真向かいの相手がいなくなればなんとなくほっとするであろう。

人のワルクチはその人の前で言う

自分と他人の短所を、気持ちよく笑いものにできることはすばらしい。人のワルクチはその人の前で大声で言え、人を褒める時は陰でこっそり言え、という美学がある。とにかく自国と自国民を快く笑いものにできるという「大人げ」において（大人げという言葉は本来「大人げない」という否定形でしか使わないものだが）、ブラジル人は世界でもぬきんでた人たちだと私は思っている。

沈黙は、周囲に困惑と苦痛を与える

「沈黙は金」ということはない。もちろん喋り方にもいろいろあって、立て板に水を流すように喋る必要はない。しかしその人らしく、ぽつりぽつりでもぶつぶつでも、その場に合わせて喋るということは、ぜひとも守らねばならないことだと思う。

私は社交的であれ、などと言っているのではない。そういう席で自分勝手に黙っていることは、まわりの人間にはっきりと困惑と苦痛を与えるから、それは一種の暴力だと思うのである。

それでもなお喋りたくない、という人もいるだろうが、そういう人は断じて一生、人とあまり交わらぬことである。今の日本は世界に稀なありがたい自由な国だから、まわりと全く付き合わなくても、思想を疑われたり、配給の物資がもらえず、従って生きていけないこともない。一生堂々と一人で暮らして、無口を決め込むことである。

弱みをさらけ出すことで自由になれる

世間には、さまざまな苦しみがあるが、その一つのタイプに、自分のことをやたらに隠したがる人がいて、いつでも、自身や家族、果ては遠い一族のことまで、病気であれ、貧しさであれ、性的な不始末であれ、ひた隠しにしなければならない、と恐れている。

およそこの世で起こり得ることは、自分と周辺にも同じように起きて当たり前だ、とはこういう人たちは思わない。何とかして他人の悪口の対象にならないために、マイナスの要素はすべて隠そうとする。

しかしそれは多分世間というものを見据えていないから、そうなるのだろう。同じような苦労は世間に転がっているはずだ。だからむしろ弱みをさらけ出すことで、一切の肩の荷を下ろすことができて自由になるのである。

植物たちのソーシャル・ディスタンス

レンギョウはなぜか平地には生えにくい。わずかな高低のある傾斜地や小さな南向きの崖の端に植えて、そしてその花の枝垂れた流れが自然に落ちてくるようにしたほうがいい。レンギョウとともに、その美しさを競うのが白いユキヤナギで、それはまさに雪の積もった柳の茂みを見るようなみごとさになる。私の家の庭にあるわずかな長さの斜面を、レンギョウに与えるかユキヤナギに与えるかで、私はしばしば悩んでしまう。しかし目下のところ、半々に面積を与えてそれがお互いに侵し合わずにどちらも独特の表現で春を奏でているというふうにすることが、この頃ようやく納得できるようになった。

切ると若芽が出るという不思議

私は切ると若芽が出る、という植物の不思議さに感動していたのである。いや言葉を換えていえば、古木の部分をさっぱりと裁ち落とさないと、新梢（しんしょう）が勢いよく出てこないのである。

世間では「後期高齢者」という言葉がいけないという大合唱が起きていた。なぜ七十五歳で線を引くのか、ということも高齢者の怒りの対象だったが、そんなことは自分の周囲の人をじっくり眺めれば、七十五歳から、急に病気の人が増えるという現実が必ず見えるはずだと私は思っている。

高齢者は常に若い人の命を守るために、いささか自分が犠牲になってもいいものです、などと週刊誌にコメントしたが、それは採用されなかったので、私はますます黙々と畑仕事に精を出すようになった。

水を与えすぎて腐る植物もある

私は愚かなアマチュアがよくやるように植物にも、毎日眼をかけ、時には話しかけるほどにするとよく育ち、いい花を咲かせるという「まごころ」を、初めの頃は半ば本気で信じていた。しかし次第に私の体験では、必ずしもそうでない、という現実もわかるようになった。

毎日水をほしがるシクラメンの特徴は、植物の中でも数少ないもののような気がする。植物は、充分に乾いた時に、たっぷり水を与えるのが原則だ。ほしがらないうちにおもちゃを買ってやるバカ親と同じで、水を与えすぎると、植物は根腐れをする。つまり下痢である。ポトスのような一種の蔦は、干せ枯れて、ぐったりしてから水を与えても立派に回復する。飽食の方が飢えに近い状態で生きるより危険だということに似ている。

心の一部を開くということ

友と付き合うということも、心の一部を開くことである。これは通常考えている以上に大切な任務である。そしてその癖は、比較的早いうちから子供につけておかねばならない。それには、父と母が、その手本となり、子供もそこに努力の跡を見抜けねばならない。

ちょっと無理して「社交」をした後、やれやれと思ってフトンにもぐり込んで眠る幸せを味わうためにも、人と付き合う時に、少し努めることは悪くないはずである。

親しい友人でも、自分と全く違う個性があることを認識する

人と付き合うことについて、私もまた、若い時には大きな幻想を持っていた。それは、趣味からものの考え方まで、何もかも同じになれる友達というものがいる、と信

じていたことである。

私は今、常識的な意味では、心から付き合える人、実に気の合う友達を持っている。しかし、それは決して、相手が私と全く同じ人生観を持っている、ということでもなく、趣味が完全に一致しているということでもない。むしろ友人となり、適切な人間関係を持ち得るということは、いかに親しい友人であっても、生来、全く違う個性のもとに生まれついているということに厳しい認識を持ち、その違いを許容し得る、というところから始まるのである。

愚痴ばかりの老人のそばに、人は集まらない

何度も言いますが、してもらうことを期待していると不満が募って、つい愚痴が出る。老人の愚痴は、他人も自分もみじめにするだけで、いいことは一つもありません。それどころか、愚痴ばかり言う老人のそばには、人間が集まらなくなります。愚痴は日陰の感じを与えるからです。反対に、何でもおもしろがっている老人には陽の匂い

がして、人が寄ってきます。

時折、常に穏やかでどんなことがあろうと苛立たず、周囲十メートルくらいにいる人全員を和やかな気分にさせる、徳のある老人がいます。「徳性を有する」とは、どういうことか。規定するのはむずかしいですが、一つの目安は、どんなことにも意味を見出し、どれだけ人生をおもしろがれるか、ということだろうと思います。

負の状況には、自ら対抗する精神の強さを持つ

マラリアと同じように、現世にはほぼ解決できないと思われる負の状況が必ずある。病気、死別、歪(ゆが)んだ性欲、などがそれに当たるだろうか。そして苛めという密かな快楽もまたその範疇に入れねばならないだろう。私たちは、生きている限り、誰かによって、どこかで、さまざまな表現で苛められるのである。(中略)

だから、マラリアに対してはめいめいが持つ免疫によって発症しないように用心するのと同様に、苛めに対しても、自ら対抗する精神の強さを持つ以外にほんとうの解

決策はないだろうと思う。

孤独と出会いの深遠な関係

私は子供の頃、キリスト教の学校にいたので、年に一度は、黙想会というものに出る習慣だった。三日間、学校では祈ったりお説教を聞いたり賛美歌を歌ったりするだけで、後は完全な沈黙を守って読書や考えることで時間を過ごすのである。沈黙を守れれば、私たちは強くなる。そして断食の後にはご飯がおいしくなるように、沈黙に耐えたからこそ、私たちは会話の楽しさを知ったのである。

孤独があるからこそ、人との出会いが大切に思えてくる。そのからくりを、私たちはもう少し理解してもいいだろう。

メル友が自分を深く理解してくれることはない

家族と少数の友人たちは、長い年月かかって、あるがままの自分を認めてくれる。だから貴重な存在なのだ。しかしちょっとしたお友達——最近ではメールをし合っただけのメル友——が自分を深く理解してくれるようなことはまずなくて普通である。むしろ人間は、他人をほんとうには理解できず、自分もほとんど理解してもらえないと覚悟すべきだろう。

会話をしてこそ、人は真の人間となる

人間生活で、食事、排泄、入浴などと同じくらい大切なのが、「会話をする」ということだ。どうしたら高齢者が最後まで外界に興味を持ち、人の語るのを聞いてそれに反応し、自分の考えを話せるという状態を保てるか、今後最大の懸案だと思ってい

る。喋ってこそ人は動物と違う存在になるのだから。

人間は生涯、自立心を失ってはならない

自立心を失った世代の人々は、何とかして人の好意か厚意にすがろうとする。お金がないわけではない。相当のお金を持っている人でもそうである。それよりもっといけないのは、病人や高齢者は、それくらいのことをしてもらうのは当たり前だ、という気持ちが、多くの人にあることである。


「ちょっと乗せて行ってよ」

「ついでに買ってきてくださらない？」

「今度行く時、私も連れて行って頂戴」

「どうぞ」と言われない限り、車に便乗しようと思ってはいけない。たとえ片道十分のところでもそこいなどという含みを持つ要求をしてはいけない。ましてや迎えに人は二十分早く家も出なければならないことになる。まだ働いている社会人にとって

は、それが負担になることは往々にしてあることなのである。

老人だから譲ってもらうという考えの甘さ

バスの中で、若者に席を譲ることを要求している老人を見かけたこともあります。要求される前に若者が席を立つことが望ましい、とは思いますけれど、老人だから譲ってもらう権利がある、とふんぞり返っていいものでもありません。

高齢である、ということは、若年である、というのと同じ一つの状態を示しているだけにすぎません。それは、善でも悪でもなく、資格でも功績でもないのですから。

「遠慮」という人間的な行為

そのまま行動に移すのでは動物と変わりません。本能をコントロールすることが「遠慮」なんですね。十人いれば十分の一をもらえると思う。できたら十分の二人前もらえたらいいなと考える。それをコントロールして、本来は十分の一人前もらえるところを、「私はもう年寄りだから、その半分でいいですよ。あとは、この子供にあげてください」と言えるのが人間です。つまり、動物的平等化を人間的に馴らす方法が「遠慮」だと思います。

孤独は、誰にも救ってもらえない

他人に話し相手をしてもらったり、どこかへ連れて行ってもらったりすることで、孤独を解決しようとする人がいます。しかしそれは、根本的な解決にならない。根本は、あくまでも自分で自分を救済するしかないと思います。

孤独は決して人によって、本質的に慰められるものではありません。確かに友人や家族は心をかなり賑やかにはしてくれますが、ほんとうの孤独というものは、友にも親にも配偶者にも救ってもらえない。人間は、別離でも病気でも死でも、一人で耐えるほかないのです。

老年の仕事は孤独に耐えること

夫婦や家族の会話は、安全地帯の中にいる。どんな表現にも過剰反応しないのが普通の家族である。だから安心して喋れる。そうした防波堤のような相手が、少しずつ身の廻りから消えるのが、晩年・老年というものの寂しさなのである。

一口で言えば、老年の仕事はこの孤独に耐えることだ。逃げる方法はないのである。徹底してこれに耐え、孤独だけがもたらす時間の中で、雄大な人生の意味を総括的に見つけて現世を去るべきなのである。これは辛くはあっても明快な目的を持ち、それなりに勇気の要る仕事でもある。

「さみしさ」を味わってこそ、納得いく人生になる

一人の人間が、生の盛りを味わう幸福な時には、死は永遠のかなたにあるように見

える。しかしその同じ人が、必ず生涯の深い黄昏に入って行く時期があるのだ。それでこそ、多分人生は完熟し、完成し、完結するのだ。だから人は、「さみしさ」を味わわなくてはならないのだ。私はもうその経過を嫌と言うほど多く見てきた。

私は人と比べると、ややいびつな子供時代を過ごし、その結果、性格もかなりひん曲がったのだ、と自分で思っているが、それはそれで一つの人生なのである。どんな人生の生き方も比べられない。比べることに意味がない。どれも「それでよかった」のだから。

わからないことは考えなくてもいい

わからないことは考えなくてもいいのである。そう思いついた時、それは中年のどの時期からそうなったのか、私には覚えがないが、これが私の救いであった。最初からそう思えたわけではないが、次第次第にそう思うようになった、という方が正しいだろう。

他人に「過不足なく心が伝わる」ことはない

私たちの性格は、社会と接する時、現実とは違って、必ず少しずつ定型化されて解釈される。よく形づくられる場合もあれば、悪意で歪められた姿が、定着することもある。

まず最初に、過不足なく心が伝わる、などということを諦めることだ、と私は思うことが多い。諦めはどんな場合にも有効な解決法だ。自分の命にせよ、不運にせよ、最初から少し諦めていれば、深く絶望したり恨んだりすることもない。絶望したり恨んだりするということは、まだ相手や自分の置かれた状況の改善に、かなり期待していたという証拠なのである。

自分らしい欠点を残す

自分らしい欠点は誰でも残しておけばいいのである。それが私が私たる所以だと自覚すれば自然になれる。その性格を利用して私たちは仕事をすればいい。いや、それどころか、その特徴がなかったら、私たちは存在の理由さえ失うと思えば、自分にも他人にも寛大になれるのである。

第四章

死、別離を恐れない

――人は皆、思いを遺して死ぬ

非常時に、なけなしの薬で生きることは望まない

人間はいつか一度死ぬ。誰もその運命を逃れた人はいない。もちろん私などはっきりと、若い人を救って老年の私は見捨ててもらうことを承認している。こと私一人に関する限りこうした非常時には、なけなしの薬を飲ませてもらうことも、自分のために救助する側が危険を冒してくれることも望んでいない。私も夫も、もう充分生きた、と感謝をもって納得しているから気楽なものだ。

ワクチンが限られているなら、高齢者は遠慮すべき

老人は、もう少し自ら遠慮するべきだと思います。よくテレビ番組で難病を治す名医が紹介されていますが、医師の時間は限られていますから、もし一カ月間に数十人しか手術ができないとしたら若い人から受けるべきでしょう。治療のためのワクチン

が限られているのなら、高齢者がまず受ける権利を放棄した方がいい。

もちろん、国の制度や医師の論理では、どんな人も平等です。だからこそ、高齢者が自ら辞退した方がきれいですね。国が高齢者を切り捨てるのではなく、若者が要求するわけでもなく、高齢者が自由意志で、自らの美学として、自ら遠慮した方がいいのです。

愛する者の死を生かす唯一の方法

私は関東大震災は知らないが、どの場合にも日本人は、まずかけがえのない「愛する者たち」の命が失われたことに、人生観が根本から変わるほどの深い衝撃を受けたはずだ。どんな生涯も貴重なものであった。それが失われたことを、心底激しく悼(いた)んだ。戦争も天災もその点では同じ残酷な運命であった。

その死を悼む思いは別として、私たちは常に人生からも、今回は地震からも何かを学ばねばならない。それが人間の分際というものだ。そして今、私の耳には再びアウグスティヌスが「存在するものはすべて善である」と考えた強烈な叡智の言葉が聞こえてくるような気がする。いかなる運命からも学ばない時だけ、人はその悲運に負けたことになる。

お金がなければ、人は死ぬほかはない

アフリカでは救急車は常に、どこでも有料である。日本でも、もし実費を取られることになったら、私たちは、数万円を払うことになるらしい。アフリカでも、貨幣の単位は違っても、出費する側の重さを換算すると同じようになる。

一年の総収入が五万円に満たない人がほとんどの土地である。お父さんが、転げ回るほどの腹痛に見舞われていようと、長男が喧嘩で血を流していようと、やってきた救急車は、代金を払えなければそのまま帰ってしまう。この状態が多くの日本人に理解できない。

病院がなく、死を選ばざるを得ない国

「フランスまで手術を受けに行くのは大変ですね。日本人だってなかなかできませんよ」

「でもこの国では、膵臓（すいぞう）癌だの腎臓癌だのの手術になると、できる病院がないのよ。だからどんな借金をしてでも、ヨーロッパまで行かなきゃならないの」

それができない人は、つまり死ぬほかはないのである。

射殺されるか、病気で家族の中で死ぬか

春菜は初めて自分が、今疲れている、と感じた。自分はもはや、まっとうな判断をすることを避けたがっている。死ぬという事実はどれも同じじゃないか。むしろヴェスティン・カンポロロ夫人のように脅された後で結局は射殺される地獄を味わうより、

コレラでも何でもいいから、病気になって、家族の中で死ねる方が幸せではないのか、と考えたがっている。

十歳や十五歳でこの世を去る濃密な人生もある

「父違いの私の妹は十歳で死んだ。でも考えれば十年も生きたので、十年間も母に抱かれたり甘えたりできたのだ。その下に生まれた私の弟は十五歳で死んだ。十五年生きたから自転車にも乗れたしサッカーもできた。彼は幸福のただ中で死んだ」

十歳や十五歳で死んだ弟妹たちを、スール・セラフィーヌは幸福だったという。その判断を春菜は謙虚で強いと感じた。日本人だったら十歳や十五歳で死んでかわいそうに、と言う。この国では、時間は無限でもあると同時に濃密でもある。

挫折を知らない人の臨終は痛ましい

私が見ていて痛ましく見えるのは、ことに挫折を知らない人の臨終である。もちろん些細な挫折がない人というのも現世にはいないのだが、私は自分がかなりおおっぴらな運命論者なのに対して、そのような負け犬の論理は許さない、という人に時々出会っている。私はすぐ「仕方がない」と自分の失敗を許し、「人生はまあこんなものだろう。私のいる状況は、もちろん最高のものではないにしても、最悪でもないのだから、大した幸運だ」と甘く考えるのである。そして、後は諦める。諦めるという行為を、私は人生で有効なものとして深く買っているのである。

ところが人生の優等生、自分が負けることを許さなかった人は、私のような負け犬的態度を決して自分に許してこなかった。まさに「為せば成る」というあの精神である。それまでの人生をずっと努力し続けて、大方その努力が報いられるという幸運もあった人である。

人には最後に必ず負け戦、不当な結果を自分に与える戦いが待っている。それが死というものだ。負け戦は一回でいいという考え方もあるが、たった一回の戦いでもうまく処理するには、いささかの心の準備は要る、と私は思うのである。

他人の死は重く、自分の死は軽い

上坂冬子さんと私がやや食い違ったのは、上坂さんが自分には最後にやらなければならない大きな仕事がある、それは死ぬという仕事だ、という名言を吐いたのに対して、私が、「死ぬことを大仕事と捉えてはいけないと思う。死ぬというのは、自分で自由にならない行為だから」と言っている。それに対して上坂さんは、「でも、自分にとっては大仕事じゃない」と答えていることだ。

主観的には上坂さんの言う通りである。誰でも、臨終でもっとも気になるのは、その最後の時間をうまく乗り切れるかどうかということだ。苦痛は自分にとっての一大事である。それはわかっているのだが、私は昔から、自分の身に起こるすべてのことは、もちろん死をも含めて、すべて「人並み」な苦労の範囲であって、決して一大事だと思ってはいけない、と自分に言い聞かせていた。(中略)

私が好きなのは「偉大な凡庸」という観念だったのである。それこそ、神の視線の中にいられる資格だ。アリストテレスの言葉は、その「偉大な凡庸」に該当した。自分の死さえも軽く見ることのできる人間になることに、少なくとも私は憧れた。戦後は人間の生死を「軽く見る」ことなど、裏切りであり、非人道的な罪悪だった。しかし私は他人の死は重く考え、自分の死は軽く考えたい、と若い日から願っていたのである。

死は誰にでもでき、後の世代も成長させる

人生は初めから終わりまで「通過」である。（中略）入試のための受験、経済的独立という重荷、出産、老いた親の世話などである。こうした要素のない人生も、地球上にはないのである。死はその最後の一つだと考えると、それを避けようとするような悪足掻き（わるあが）きはしなくなるだろう。

むしろ死は、通過儀礼に参加することなのである。死は誰にでもでき、誰でもがそのことで後の世代の成長に資することができる。

法則通りではない人間の運命

その場は取り敢えず生き残ったとしても、放射能を浴びて数年で亡くなった人たちもいた。有名な永井隆博士（長崎医科大学教授）は二人の遺児を残して、被爆後六年のまだ四十二歳の若さでこの世を去らねばならなかった。『この子を残して』という著書を読めば、その間の思いがよく伝わってくる。

そのような現実はあるが、しかし実生活は決して法則通りではない。被爆者の認定を受け、原爆ホームで余生を送りながらも、かなりの長寿を達成した人もいた。その一人が宇田チヨさんであった。

私が宇田チヨさんと会ったのは、一九九七年のことである。当時私は毎年のように、視力や歩行能力に障害を持つ人たちとイスラエルの聖地への巡礼の旅をしていた。そして宇田チヨさんは、二十三回続いたその旅の全参加者約一千余人の中で、結果的にも最高年齢の九十四歳であった。長崎出身の神父が、原爆ホームにいた宇田チヨさんをイスラエルに誘ってくれたのである。イスラエル南部の荒野で、宇田さんは同行の若い日本人神父に鞍(くら)の上で後から抱き抱えられながら、ラクダの試乗も楽しんだ。長崎の神父は、宇田さんに「百歳をとったらまた連れてきてやるけん」などと実の息子のように言っていた。宇田さんが亡くなったのは百歳を過ぎてからだと聞いている。被爆という重い事実を抱えた人たちでも、その生涯は実にさまざまであった。

命を賭け、亡くなっていった看護師の生き方

今回、私たちがキクウィートで泊めてもらったのは「貧しい人たちのためのベルガモの姉妹修道会」という北イタリアで創設された修道会であった。実にこの会から、修道女の看護師たち十人がエボラで倒れたのである。（中略）

この修道会は、その名前が示すように、もっぱら恵まれない人のために働く修道会であった。

おそらく彼女たちは迷うことはなかったと思われる。「友のために自分の命を捨て

ること、これ以上に大きな愛はない」（ヨハネによる福音書15・13）と聖書が書いているからだ。他人のために命を捨てるなどという行為を認めるのは、先の大東亜戦争で軍部に利用されて戦場に追いやられた特攻隊の若者と同じ結果を招くだけだ、としか考えない日本人にはおよそ理解しがたいことだろう。しかしカトリックの世界では、自分の命を賭けて他人に尽くすことを、犬死にとか愚かな死とか考えたことはただの一度もないのである。

人間の本質は、他人のために生きること

どこで聞いた話か読んだ話か思い出せないのだが、体の不自由な老女が、毎夜、道に面した窓のそばに、あかりを置いて、じっと座っているという話が私の記憶の中にある。

それは、そこを通りかかる旅人のためであった。長い道のりを暗闇の中を歩いてくる人を迎える灯(ひ)であった。自然の威圧の中に、小さなあかりが見える時、旅人はほっ

と人間の優しさを感じるのである。

人間の存在が、灯になり得るということである。他には何の働きもできぬ老女でも、他人にただ光を与えることによって、彼女自身も他人のために生きるという人間の本質を維持し、しかもそのことによって、幸福を味わうことができるのである。

人間の生涯を決めるギリシャ神話の女神たち

ギリシャ神話では、人間の命はクロト（つむぎ手）、ラケシス（配り手）、アトロポス（切り手）の三人の姉妹である運命の女神たちによって決められることになっている。ゼウスがまず一人一人の人間の生命の重さを量ってそれを姉妹に告げる。するとつむぎ手（クロト）が命の糸をつむぎ、配り手（ラケシス）がその長さを計り、切り手（アトロポス）がその糸を断ち切る。気まぐれなゼウスが時々自分のお気に入りの人物には少しだけ長い命をやることもある。しかし通常はこの三姉妹が毎日黙々と人間の生涯をつむぎ、計り、切る仕事をしているという。その長さを、人間が知らないだけなのである。

四十年の古家での死を希望した夫

私たち夫婦が結婚して最初に住んだ家は、親たちが昭和初年に建てた古い日本家屋で、隙間風が寒かった。その後に私たちが、町の大工さんに頼んで木造の家を建てた。その家がもう今年で四十年近くになる。あちこち改築をしてきたが、それでもまだ一部の天井と壁のほとんどには断熱材も入っていない。当時そういうものを入れる常識がなかったのである。

私の家の西隣は今空き地になっている。空き地に生える雑草は、四季折々なかなか情緒深い。この空き地は、ご近所の豪邸が轟音と地響きを伴う建築と解体を繰り返している間に、ほんの三日ほどでひっそりと出現した。うちとほぼ前後して建てられた木造モルタル塗りの家は、壊すのにたった三日しかかからなかったのである。（中略）

夫は、私たちが今の四十年の古家で死ぬことがいいという。

「その後すぐ壊せば更地になって始末いいんだ。木造は三日できれいに跡形もなくなる。金もかからないし、建物も徹底して使い尽くした。いい気分だ」

思慮深い「野垂れ死に」は敗北ではない

二〇一三年暮れ、私は「小説新潮」誌に「二〇五〇年」という近未来小説を書いた。その話題が出た時、同席していた編集者の一人が、

「そうなった時、先生、我々はどうしたらいいいんでしょう？」

と尋ねた。すると近藤誠先生は、

「野垂れ死にすればいいいんじゃないの？」

とお答えになった。

それこそ私が昔から口にしてきた答え、思っていた解決法と全く同じものだった。年金がもらえるか、高齢者の全員が国家的施設で手厚く最期を看取ってもらえるか、などというまい話は、すべて人手がなくなるという統計上の理由から、幻影にすぎなくなるだろう、ということだけは見えている。

しかし、おそらく近藤先生も私も、この言葉を投げやりな思いや、考えるのを放棄して口にしたのではない。深慮の果てにそう答えるほかはなかったのであり、その姿は人間の最期として決して敗北を意味するものではない。

それはどのような時代をも甘受して生きねばならない人間の、むしろ冷静な、勇気ある選択の結果であり、私は自分が果たしてうまく野垂れ死にできるかどうかを深く疑ってきた。

人は適当な時に死ぬ義務がある

昔ブルキナファソというアフリカの国で、いわゆるうば捨ての対象になったおばあさんたちが集まって暮らしている施設を訪ねたことがある。アフリカの或る地方には、生物学上の死を人々が認めず、誰かが死ぬと、必ずその人の死を願ったと思われる犯人が身近にいると見て、その人を呪術師が名指しする。もちろん何の根拠もないのだが、そうやって貧しい村は、犯人を作ることによって働けない人口を村から追放する

ことが可能になった。これがうば捨てである。（中略）

日本の社会では、老人が今すぐ口減らしのために自殺する必要は全くない。しかしただ寝たきりでも長生きをするために高額な医療費や制度を使い、あらゆる手段で生命を延ばそうとするのは、実に醜悪なことだと私は思っている。

人は適当な時に死ぬ義務がある。ごく自然にこの世を辞退するのだ。それで初めて私たちは人間らしい尊厳を保った、いい生涯を送ったことになる。

自殺は、ものごとを軽く見る点で高邁

苛めで心が歪む子についても、私は小説家として触れねばならないだろう。

苛めに遭ってから俳句を作るようになった小林凜君は現在十一歳。年に似合わない、いい素質を持っている。小学校三年生の時、祖母に「生まれてきて幸せ？」と聞かれて、

「生まれしを　幸かと聞かれ　春の宵」

と詠んだ。私はこの年では、決してこんな名句を作れない。

この少年は、登校拒否になっただけで自殺はしなかった。しかし昔から文学的な素質の持ち主のわずか数パーセントだが、彼らには自殺志向の傾向があったものだ。しかし今日では、文学的な才能や性癖のゆえに死んでも、それを苛めのせいにする。死者を冒瀆するものだろう。

「ものごとを軽く見ることができるという点が、高邁な人の特徴のようであるように思われる」というアリストテレスの『エウデモス倫理学』の一節を知らなかったら、私もまた文学修業のごく初期には、軽薄な死の方向に向かって心が傾いたこともあったかもしれない。

生涯はほんの短い旅にすぎない

私はカトリックの学校で育ったので、幼稚園の頃から、毎日、自分の臨終の時のために祈る癖をつけられ、「灰の水曜日」と呼ばれる祝日には司祭の手で額に灰を塗られて、塵に還る人間の生涯を考えるように言われました。もちろん、当時の私が死をまともに理解していたとは思われません。しかし、いつか人間には終わりがある、ということを、私は感じていました。

シスターたちが、「この生涯はほんの短い旅にすぎません」と言うのも度々聞いたことがあります。百年生きたとしても、地球が始まってからのことを思えば、大したことがない、と。そういう教育を受けたことは、この上ない贅沢だったと思っています。

葉は、後の命を育てるために自らを捨てる

最近の人は自然を眺めない。だから葉がまず冬の日差しを大地に与えるために散り、その落ち葉自身も腐葉土となって後の命を育てるために使われる捨て身の運命を担う、この循環の厳しく優しい姿など感じたことがないのだ。

今は年寄りも病院で死ぬので、死について考えたことがないという人が多くなった。

しみじみ自然の変化を見ていれば、命が生まれ、育ち、働き、散り、その循環が、すべて次世代のために必要なのだ、ということも自然にわかるはずなのである。年寄りが死ぬということさえ、むしろ積極的に次代を育てる任務を果たすことである。

草木と同じように、自然に生を終える

天然の原生林は、人の手をわざと入れないのだが、その場合は「自然が自然と」（これは少しおかしな表現だが）自分で整理をする。死んだ球根や根は腐って土に還り生き残ったものの肥料になる。（中略）

そうした作業をしながら、私はしみじみと、この運命は草花だけではない、と思う。もちろん命あるものは、できるだけ生きようとするし、周囲も助けようとするし、植物自身も工夫をこらして、少ない水や、熱い太陽に耐えようとする。しかしいつかは若い命に譲るという運命は避けようがないのだ。

人間も同じなのだ。この草木の生死の姿を見ていると、人間も同じでなければなら

ない、と思う。人の死だけがどうして悲惨で悲しまねばならないことがあろう。

神は小さな存在にも名を与えられる

「主はもろもろの星の数を定め、
　すべてそれに名を与えられる」（詩篇１４７・４）

私は、この二行に対する正確な判断のしかたを実は知らない。しかし、この個所にふれる度に、私はかつて、内之浦の東京大学の宇宙衛星のうち上げの際に、生まれて初めて見せられた、星図を思い出す。（中略）

この星図を作ったのは、神ではなく人間なので、そこにはせいぜいで（！）二十六等星までくらいの星しか記入されていない。それよりもっと小さい星があることは間違いないだろうから、「星の数ほどある」という表現は、実は、私の考える以上の迫力を持っていることが、その時、わかったのであった。

そのような星に、神は名を与えられる、という。それはどのような小さな者、端の方にいる者、無言の者をも、神は決して、ないがしろにならないということである。その存在にれっきとして、名を与えられるというのである。（中略）
力ある人のことは、ほっておいてもいい。私たちが心を向けるべきは、むしろ、現在、力を失っている不遇の中にある人たちなのである。
私たちは、まるで運命という当直を、交替で勤めているようなものだから、現在、輝いている星（人）とそうでないものとの間には、何ら本質的な差はないのである。

どのような人間も、地球の懐に還っていく

火葬場といっても、いわゆる炉があるわけではない。人々は川岸に薪を積み、そこに布で包んだ死者を運んでくる。火葬には女は立ち会わない。ちょっとした宗教的な儀式があった後、人々は死者の頭の周囲に油（ギイ）をかけ、それから持ってきた火種から点火した。川岸には、そうした人間を燃す火が三つくらい燃えていた。一つの火はもうほとんど消えていて、やがて人々がお骨あげに集まってきた。

私の見ている前で、お骨はズックの袋に収められた。いったん家に持って帰り、折を見て、聖なるガンジスの、さらにその中でも聖なる場所と言われているところまで流しに行くのだという。それは文字通り還るという言葉を思わせた。どのような人間も最後には煙になり、川に流されて海に注ぎ、地球の懐に還って行く。

ごく普通に暮らして死にたい

人はできれば、「普段していたこと」を最後の日でも続けるのが、もっとも幸福なことらしい。地球最後の日というものがもしあるとしたら、それをどんな日として過ごしたらいいのか。私はごく普通に暮らして死にたいだろう。朝ご飯が済んだら、部屋の掃除をして、それから私の場合なら最後の原稿を少し書き（たとえそれが使われることのないものであろうとも）、夕方には普通の日と同じように仕事をしまって夕食の支度をし、そして皆におやすみを言って、寝に就く。それ以外のどんな一日の過ごし方があるだろう、という感じだ。

大抵の人が、死ぬまでに目的を達せない

大事なことには終わりがある、ということなのだ。そこで初めて目的というものが見え、道程という時間が意味あるものとなる。目的に達すればいいというものではないのだ。人らしく楽しみも苦しみもするのは、その道程においてなのだ。

そして大抵の人が、死ぬまでに完全には目的を達しられない。簞笥一本整理して死ぬつもりだったのに、結局手もつけずに死んだなどという話は世間に決して珍しくないのである。

第五章

自力で解決する

社会が決めたルールに
同調する必要はない

自分で自分を守る本能が退化している

私たち日本人に現在もっとも欠けているのは、自分で自分を守る感覚であり、知恵である。それは私たちが、誠実で質のいい同国人の作った組織の恩恵に長い間慣れすぎた結果、退化したのかもしれない。

ことに私が最近の日本人について感じるのは、本能の欠如である。人の態度、町の空気、周囲の物音まで何かおかしい。そのようなものを感じるのは自分の中の動物的本能だけだ。こういう異常を感じ取る感覚は、受験戦争に勝ち抜いていい大学を出たような秀才ほど喪失しているものかもしれないが、私には何百何千年前の先祖から贈られた動物的才能の片鱗として少しは残っている。やや危険な土地を歩いた時に、どれほどその動物的本能によって救われたか知れない。

我慢は人間を創る上での基本

空調のない現実の暑さと寒さを味わうこと。大勢と起居をともにすること。車ではなく長く歩くこと。自分の好みではなくて与えられたものを食べること。したいことを我慢できる心の強さを持つこと。こうしたことは、すべて大きな意味を持って人間を創る。

料理は生活の土台

私は今、毎日のようにうちで料理をしているが、その「基本精神」は手抜きで早く作ることとである。私は今九十歳の夫の看護人と、作家と、家事管理人の三役をやっているので、かなり忙しいが、食事は手を抜かない。薬は飲まずに、食べ物で病気をしないことを考えている。それにアフリカの極貧の暮らしを見てから、食べ物を残すことなどもったいなくてできなくなった。冷蔵庫の中の残り材料全部を使い切って料理することは、かなりうまくなっている。

焚き火で調理をすることを知らない若者

私は、新しい時代の日本人がわからなくなっている。基本を考えようとしない。災害用に薬缶(やかん)を用意しようとしない。お湯を沸かす道具は、電気ポットだけ、という人もいる。確かに我が家でも、最近、お湯を沸かすのに、薬缶を使わない。大量のものはポットに沸いているし、少量の場合は、小型の鍋で沸かしている。

「電気ポットは、焚き火にかけられないでしょう」

と言うと、びっくりしたような顔をする。燃える焚き火で調理をする、ということは、全く考えていないのだ。

マニュアルなしで生きる人間になる

非常時にはあらゆる体制が壊れる。というか、制度が一時停止する。判断は時々刻々、前例も指令もなしに自分でしなければならない。いきおい命令や判断は超法規的になることもある。その時、人間の中でそれまで培ってきた実力と哲学が示される。つまりマニュアルなしで生きる人間になるのだ。

天気予報は過保護すぎる

天気予報一つにしても、「今日は夕方から雨が降りますから、傘を持ってお出かけください」とか、「明日は寒くなりますから、厚手のセーターを着た方がいいでしょう」とか、過保護もいいところです。あらゆる点で守られ、何かあれば政府が何とかしてくれるだろうと思っているから、自分で考えない。してくれないのは政府が悪い、ということになるわけです。

菓子パンの非常食に文句を言う甘さ

日本人は、被災したその日から、すぐに菓子パンを食べることができるのに、「三日間パンばかり配られて飽き飽きした」などと文句を言っている。それほどに贅沢なのです。

これは若者も同じですが、原初的な不幸の姿が見えなくなった分、ありがたみもわからなくなった。そのために、要求することがあまりにも大きい老人世代ができたのだと思います。

従順という名の衆愚

見栄は依頼心によってなり立つ。今ピアノが、ほんとうに自分にとって必要かどうかを考えるのではなく、他人が買うから自分にも必要なのだろう、という判断の依頼心によって、その情熱は支えられているのである。見栄は一見従順である。テレビが放映されていて、皆が見ている以上、自分も見ずにいたら、他人より遅れてしまう、という考え方をする。（中略）

すべて、他人はどうしているだろうか、他人に遅れをとってはならない、という情熱によって動かされている。これが、プライバシーを大切にしろ、人権を守れと要求する側が、自ら示している態度である。

この従順が衆愚なのである。私は衆愚を一掃すべきだ、とは言い難い。早い話、私の中にも、常に、衆愚の一種としか思えない要素がいつもれっきとしてあることがわかっているからである。しかし現実に、「衆賢」という言葉ができなかったのは、決して偶然ではあるまい。無責任な行動しかとらない人の中で、自分を保ち続けることのできる人物はほんの少しだから、「衆」は常に愚であった。そして我々は、誰もが衆の一人なのだ、ということを、間違いなく肝に銘ずべきなのである。それはいささかナサケないことではあるが、あまり責任がないから私は丸っきり嫌いでもない。しかし見栄っ張りは、どうしても、自分を「衆」の一人と思うことができない。

「人と同じことはするな」という教訓

私は親と学校から、人と同じことをするな、と教えられた。ファッションでも、生活上の設備でも、人が持っているから自分も、と思う精神はうちでは許さない。

能動態の部分を増やす活字の本

母はマンガの代わりに、私に活字の本を読むことを命じた。相手から与えられたイメージの固定しているマンガ本ではなく、活字を自分の判断でイメージ化する作業が大切なのだ、と母は信じていた。つまりそこで、私は自分の生き方の中で、能動態の部分を増やすことこそ大事なのだと叩き込まれたのである。

「努力なくして実りなし」の原則

能動的姿勢は後年、資料がたくさん要る小説を書く時、役に立った。どんなにめんどうくさくとも、私は古本を買い、どうしても本が手に入らないものは、借りてきて何百ページであろうとコピーして備えた。つまり努力しなくては、望むものは手に入らない、という原則に自分を馴らしたのである。

道徳から外れることも人間的

西は歩むべきだと思われる「道」に導かれていた。西はそれを、「商人の道」でもなく、「人情の道」でもない、と思ったことを思い出していた。その道を歩けば損をする。その道を歩いたからと言って、誰に慰めを与えるというものでもなく、誰かが喜ぶというものでもなかった。西はそれを「人間の道」と呼んだ。他に呼びようがないから、そう言ったまでだが、それは世間で言うところの「人道」とか「ヒューマニズム」とか「正義」とかは全く無縁であることは明らかであった。（中略）「道徳」と言うと、西に思い出されるのは、公園の芝生に立ち入らないことだったり、道にキャンデーの包紙を捨てないということでしかなかった。そして西は、時には公園の芝生を堂々と横切ったり、塵（ちり）一つない道路に極彩色のキャンデーの皮を、ひらひらと捨てることも大切なことだと感じていた。それが全くできないということは、それもまた「人間」でないことの証（あか）しのようだった。

蟻が不幸になり、キリギリスが幸福を得る

恭子は昔から勧善懲悪が嫌いだった。大抵の人が悪人が罰を受けるのが好きだが、恭子は特に憐れみ深いというのではなく、そんな浅はかな結末は嫌だ、と思う内心の声を聞く時があった。幼い時、絵本で「蟻とキリギリス」の話を読んだ時には、キリギリスが可哀そうでたまらなかった。後に読書家で文学青年の同級生が、サマセッ

ト・モームという人が、やはりあの話に反撥して、全く解釈の違う「蟻とキリギリス」を書いている、と教えてくれた。蟻のように勤勉な秀才の弁護士の兄は、真面目なだけで少しもおもしろくない人生を生き、詐欺師で女誑しのろくでなしの弟の方が、金持の未亡人と結婚して幸運を摑むという筋だというのである。恭子はそれこそこの世の夢だという気がしたが、そんなことは決して表にあらわさなかったので、恭子は学生時代には先生に不良だとして睨まれることもなければ、その後も非常識な女だと思われることなしに済んできた。

いつか狂うかもしれない秩序は信じない

病院で、春菜は目覚めていても何一つ落ち着いてすることができなかった。ここでは何の不安もないのだ。使う水はいつでも出る。温かいお湯のシャワーを浴びることさえ好きな時にできる。電気の心配をして夜になる前にあれをやっておかねばならない、などと考える必要もない。しかし人々は信頼しすぎている、と春菜は感じた。こうした秩序というものは、いつ狂うかしれないのだから信じてはいけないのに、日本人は、安心し切って、異常事態が起きることを予想さえしない。

植物は、権力者におもねる発想はない

ほんとうに植物というものはそれだからすばらしいのである。権力者におもねるなどという発想はない。植物と付き合うと心が爽やかになるのは、そんな理由もあるだろう。

誰かの思想に支配されるのは幸福ではない

日本人が人の言うことにできるだけ反対せず、命令に従って、一糸乱れず目的に向かって動けるからこそ、繁栄もあるのだろう。しかし自分の考えのない人の生涯が、誰かの思想に支配されていることもまたほんとうで、それは決してその人にとって幸

福なことではない。

相手は、いい人でも正直な人でもない

私はアラブの世界からも人間の生きる厳しい現実世界を教わった。少しくらい嘘も裏切りも詭弁も弄しなくては、生きていけない土地なのだ。

相手が、いい人でも正直な人でもないだろう、と反射的に思うことは、日本以外の土地では実に有効な身を守る手段であり、柔軟性でもあった。商売の上でも彼らは、吹っかけるだけ吹っかける。それで騙される方が悪いのである。相手が騙されたら、吹っかけた方の勝利だからだ。私はまず用心し、初めから相手を部分的にしか信ぜず、従って裏切られても騙されても怒ることはなくなった。

「人を信じない」という教育もまた必要

人間には、現在ないことを予測する力が要る。予測は主に、どのような悪いことが起きるかを空想できる力である。それがなければ、軍備はもちろん警備、安全保障、雇用、投機、あらゆることが不可能だろう。「皆いい人」などということを信じる教育をしていたら、停電や断水も防げず、交通手段や通信などの安全も確保できない。

人間は大方いい人なのだが、人を信じない、という教育もまた必要なのである。電車や飛行機の中で隣に座った人は多くが善良な市民だが、中には掏摸（すり）もドロボウもいる。

インフルエンザに罹って死んでも、それが私の寿命

もうこの年になってインフルエンザに罹って死亡しても、私はそれを寿命だと思う

から、予防注射も受けていない。私の身勝手な晩年の生き方でもあるが、一つには、私の知人のドクターたちが、インフルエンザの予防接種など受けないと言うからである。あんなもの効かない、という人もいるし、ワクチンを体内に入れることだけで健康に悪いという人もいる。私は素人で判断はできないのだから、他人に「受けない方がいいわよ」とは決して言わない。ただ自分は勝手に受けないことにしただけである。

簡単に同調せず、パンの半分を与える精神こそ磨くべき

私はイスラエルで暮らしたことはないのだが、ユダヤ人というのは、決して人の言うことに簡単に同調しないのだという。むしろ同調するのは、自分がない恥ずべき態度の証明になってしまうかららしい。

当然だろう。人は少なくとも二十歳を過ぎる年まで生きてくれば、誰でも自分の過去の人生から、善悪ではなく、個別な好みを持つようになっている。言葉を変えて言えば、考える暮らしをしてきたら、各々個性的な結論に達してしまう。考えない生活

をするからこそ、軍備なしで日本は平和を守れる、などと言うようになる。

しかし私はこういう人たちの気持ちを推測する。この人たちは、先進国しか見たことのない人なのだろうな、と思う。一度でも、中近東やアフリカの部族紛争地帯に残された、貧困、残虐、汚職、賄賂、盗み、他人への徹底した無関心、などの実態を見れば、平和を唱えているだけで、それが実現するなどということは、ほとんど戯言に近いから誰も言わない。想像もしない。もっとも、そうした人々の中に、感動的なほど、乞食に恵んだり、飢えている人には、自分が食べるパンの半分を与える精神が残っている。

日本人は平和を唱えるが、自分の食べるはずのパンの半分を、惜しくても与えるという慈悲心はなくて、貧困の救済は、行政（という名の他人）に任せればいいじゃない、と言うのである。

強欲と利己主義は、人間の本性

日本人の全部がそうだとは決して言わないが、最近の人たちは何と強欲なのだろう、そして強欲は仕方がないとしても、それを恥ずかしいと思う気持ちが全くないのはどうしてなのだろう、と私は思う。

私は、人間の強欲と利己主義を、かなりはっきりと容認している。それが人間の本性だからだ。ものをもらえば百人のうち九十五人くらいが嬉しがることになっているから、贈り物をするという制度が生まれ、贈賄（ぞうわい）とか、汚職とかいう行為にまで発展する。それで当たり前なのだ。

しかしそれは動物的な反応である。サーカスの熊は、芸をする度に角砂糖をもらう（実は角砂糖かどうか私は知らないのだが、昔誰かがそう言って子供の私に教えてくれてから、ご褒美は角砂糖なのだと信じ込んでしまった。水族館のアシカなどが鯵（あじ）や鯖（さば）などのお魚をご褒美にもらうのは、この眼で見ている）。彼らは「飴（あめ）と笞（むち）」なしに、雇い主が困るだろうから、餌をもらわなくても、火の燃える輪をくぐろう、とか、並んで水からジャンプしよう、と考えることはないように見える。何年やっても、目的はご褒美の餌をもらうことと笞を避けるためとしか思えない。餌をもらうための、それが熊やアシカの「職業」と考えることもできなくはないが。

人間は、「反発」という強力な免疫力を備えている

人間は、どんな教えられ方をしたとしても、それに対して反発する強力な免疫力を生まれながらに備えているものです。ですから教育問題の本質は、教科書の内容が軍国主義批判や左翼的自虐史観に影響されているということよりも、子供の中にある免疫力・判断力を充分に刺激してしっかり育てられるかどうか、他人の考えや言うことに従順なだけの人間にはならないよう、「ほんとかな」と何事も自分で反芻し、考えていける人間に育てられるかどうかなのです。

魂の個性は、唯一無二のもの

個人の尊厳、一人一人の魂の個性は、はっきり言っておくが、この世に二つとない

ものなのである。それは宿命的に、他人とは決して、同化できない唯一無二のものである。このことはどれだけ強く、明らかにしておいても、しすぎる、ということはない。

それ故に、広場の中にあって、他人と同一体験を分け合っても、人間は決して、精神の総てを同化させた、と思うべきではない。人間の精神は、そんなお手軽なものではない。どんなに同化させようと努力しても、他人とは同じになれないところに、むしろあらゆる悲劇は起こっているのである。

これは同じ性格、同じ体質、同じ生活環境を与えられているはずの双生児においてすら、同じ人生を歩けないことを考えて頂けばわかる。別の言い方をすれば、人間は魂を、それほど易々と集団に売り渡してはいけないのである。

戦うことの辛さと後味の悪さに耐える

人間社会の原型は、闘争にある。これは致し方のないことである。生きていくことの中には、お互いがお互いを手助けする部分が、この文明社会では非常に多くなっているが、しかしそれでもなお、まだ闘争の要素が残っていないことはない。私たちは、戦うということの辛さと、その後味の悪さにも耐えなければならない。多くの戦いは、負けいくさに決まっている。他人から憎しみを受ければ、誰もいい気持ちはしない。

それらのことに、しかし私たちはそれぞれに耐えるのである。上手に耐える人もいる。下手に耐える人もいる。しかし要するに耐えればいいのである。

第六章

失業と生活苦

——小さな目的の確かさと豊かさ

「人と同じ程度」「人より金持ち」のどちらの生活を選ぶか

単純な理論なのだ。人間には矛盾した情熱があって、「人並みな穏やかな人生を送りたい」という希望と、「人よりましな暮らしがしたい」という思いとがある。前者は他人と同じ程度の暮らしをすることを求め、後者は人より金持ちになりたいとか、出世がしたいとかいう情熱と結びつく。いったいどちらの生活をしたいのか、人は決めねばならない。

「どん底」という地点の心地よさ

私くらい長い間生きてくると、権力や繁栄をまっしぐらに飽きることなく求めるという生活は、必ず後で大きなしっぺがえしを食うことが眼に見えるような気がするのである。人は誰でもささやかな幸福を求めて自然だ。そのために、ちょっとした贅沢をしたり、けちな優越感を持っても咎めることはできない。

しかし好調の波に乗っていると思われる時には深く自省し、その幸運を周囲に分け与えて圧を減らすくらいの操作は必要だ。反面、どん底に沈んでいる時には、これ以上沈むことがないという地点は、何と安定感がいいものだろう、と楽観する知恵を持てばいいのである。

成功のたった一つの鍵は、忍耐である

考えて見れば、忍耐というのは、まことに奥の深い言葉だ。人間はすぐには希望するものが手に入らないことが多い。機運が来ないことも、自分自身が病気に見舞われることもある。自分自身は健康でも、家族が倒れてその面倒を見なければならない時もある。

しかし忍耐さえ続けば、人は必ずそれなりの成功を収める。金は幸せのすべてではないが、財産もまた大きな投機や投資でできるものではないということを、私は長い

間人生を眺めさせてもらって知った。その代わり、成功のたった一つの鍵は、忍耐なのである。

セロリや人参、ゴボウの皮は捨ててはいけない

料理を始めてから、私はものを捨てないことを同時に学んだ。

セロリや人参やゴボウでキンピラを作る時、皮ごと使うのを教えてくれたのも同級生である。それまでは、すべて皮というものは捨てるものだと思い込んでいた。

当時私はアメリカと関係の深い財団の理事をしていて、一年おきに日本とアメリカで交互に会議が開かれていた。

アメリカでは、地方でも贅沢なゴルフクラブの施設などで、数日にわたって会議をした。そこでも私は素朴な点で料理を学んだ。クラブハウスの朝食のコンビーフ・ハッシュのジャガイモは、新鮮なお薯(いも)を皮つきで使っている。ジャガイモを皮ごと炒めるなどという調理法を私は知らなかったのである。

五十円で買ったおからのすごさ

私は煮魚をすると、後ですぐおから炒りを作った。葱やゴボウや人参を細かく切って、揚げ油として数回使ったことのある古い油で炒める。この古油を使うのがこつだ、ということは、或る民宿の奥さんに教えられたものであった。料理学校など行かなくても「おいしいですねぇ」と褒めれば、大抵の人がすぐに秘伝を教えてくれるのが我が日本人の美点である。

おからの味つけには必ず魚の煮汁を使った。おからを作るために、煮魚をしたのではないかというような気がすることもあった。おからは両手で持てないくらいの量が、五十円くらいである。安くて完全栄養でおいしくて、こんないいものはない。

空腹の時の一杯の味噌汁、一膳の白いご飯

けたはずれにお金持の家のお嬢さんがあって、そのひとがまた、どこかの会社の経営者の御曹子のところへお嫁に行く話をきかされたことがあった。

親が何もかも用意してくれてしまうのだという。今どきそんなおとぎ話みたいなことがあるのですかと聞いたのだが、二百坪の土地に四十坪の家をたててくれて、銀器やうるしの食器をそなえ、ダイヤの指環やミンクのストールもいくつかあって女中さんと外車をつけてもらって新夫婦はできあがるのだという。

皆、初め羨しがったが、そのうちに次第に憐みを覚えてきた。

「楽しみがないわね、それじゃ」

と一人が言った。

「そうよ、毎月、食器を揃えていくなんて楽しいですものね。そういうお楽しみがないなんて、お気の毒よ」

私たちはまったくぞっとしたのである。こういう夫婦は、もうおいしいものを食べすぎた胃袋のようなもので、ただ限りなく重く不快感があり、空腹の時に、あの一杯の味噌汁、一膳の白いご飯をがつがつと食べる楽しみを知らない。

だから、心身を破壊するような極貧や病気は別として、つねに思いを遂げていないという実感こそ、人間を若く魅力あるものにする。

タラコ一切れを二切れに分ける知恵

この世では、お金がなければないなりのやり方というものがあります。お惣菜にしてもタラコ一切れを小さく二切れに分けるとか、濃い味付けの煮物を添えてご飯がたくさん食べられるように工夫するとか、貧しいなりの食事の整え方というものがあります。おそらくネットを見れば膨大な情報や知識があふれていて、安売り情報や節約術にも事欠かないのでしょうが、人間が自分で生きていくための知恵を出すのがいいことだという空気はあまりないんですね。

植えておけば、いつか食べられるようになる

バァバちゃんは西瓜こそ作らなかったが、私が信じられないほどさまざまなものを植え始めていた。蕎麦が好きだったから、そのためには薬味用の新鮮な葱がいつでも畑に生えている必要がある。たまに魚屋さんが魚を届けてくれると、バァバちゃんは焼き魚にしたが、その付け合わせ用の大根おろしを作るために、小さな二十日大根も育てておくと便利だった。娘の友枝さんがいつの間にか若木を持ってきて植えていってくれたという山椒や、すぐには間に合いそうにはないがいつかは収穫できるだろうと思われる茗荷（みょうが）まで、私は食べる部分しか知らなかった植物が次々と庭に生えるようになっていた。

「ママさん、植えときゃ、いつか食べられるようになるの。急がなくていいんですよ。だけど植えておかなきゃ、いつまでたったって生えないんですからさ、あたしは植えておくことにしたのよ」

ババちゃんは自分に言い聞かせるように言った。

空芯菜は永遠のおかず野菜

確かにメニューにはなくても、空芯菜のニンニク炒めを作ってもらうことは可能だった。すると今度は息子は言うのである。

「さあ、楽しみだね。あんなドブドロの中に生えているような草を料理してきて、いったいいくら勘定書につけてくるかなあ」

空芯菜はすばらしくおいしいというものではないが、それでも永遠のおかず野菜である。オイスターソースにも合うし、ごま和（あ）え、マヨネーズ和えにもなる。私は最近では、暑い夏には他に菜っ葉類が育たないのを知っているから、空芯菜を普通の畑に植えている。今年から種を蒔（ま）いたのでよくわからないが、暑かろうと涼しくなろうと今のところは生えている。

すべて人と反対のことをすれば、道は開ける

仕事がないから、インターネット・カフェで暮らす人が多いという。皆といっしょになって都会を目指すところに間違いがあったのだ。これにも鉄則がある。大勢の人のすること、多数の人が目指す土地、を避けて反対の方角に行けば運は開ける。流行の服を着る人は、見ているとあまり運が向かない。ノーベル賞をおとりになるような科学者たちは、ファッション性どころか、少々ヤボで魅力的なおじさまばかりだった。食えなくなったら、都会のインターネット・カフェに行くより、私なら農村を目指す。すべて人と反対のことをするだけで、道が開けることは往々にしてあるのだ。

「家族でお腹いっぱい食べたい」の言葉を胸に刻む

今までになく作物がよく採れたというので「それでは収入も増えましたね」と私が

言うと「はい」と答える。いくら収入が増えたかあからさまに聞くのは失礼かと思ったので、「今一番したいことは何ですか」と私は聞いた。凡庸なマスコミ人がする典型的な質問である。ボーナスが上がったと言っても、競馬で当てたと言っても、それで何を買うの？と聞くのが日本人の関心だ。

しかしその人は、「家族でお腹いっぱい食べたいです」と答えた。収入が増えたというと、日本人は、自転車を買いたいとか、屋根を直したいとか言うだろう、と考える。電気のない村だから、テレビを大型のに買い換えたいとか、コンピューターを買いたいとかいうことはさすがに言わないだろうとは思ったが、まだこの人たちは、満腹することさえ知らないのだ。

これはブルキナファソの話だが、どこの国にもこうした人はいるだろう。

成長のために時間を費やさないと、愚か者になる

人生の時間を、自分を成長させることにある程度計画的に費やさないと、愚か者に

なる。

こういう教育はもう古いのだと思うけれど、人生の原則はそんなには変わらないものだ。機械に代わってさせられる部分も、その奥には、人間の創造力、知能、努力が存在しているのである。

ペンフレンドならぬ電子フレンドとの関係を楽しみ、ホームページをだらだらと眺めて自分の思考に結びつかない雑知識ばかり増えると、何をしていいかわからない人間がますます増えるだろう、と少し気の毒になる。

「雨ニモマケズ」は経済弱者として括れない

経済弱者という言葉も、考えてみればひどいものだ。お金はいくらあったら強者になるのか。第一その人が、どんな生活を好んでいるかもしらず、ただ「年収」や「財産」が少ないというだけで、弱者扱いにする。

宮沢賢治の有名な「雨ニモマケズ」では、

「一日ニ玄米四合ト
味噌ト少シノ野菜ヲタベ」
て生き、
「雪ニモ夏ノ暑サニモマケヌ
丈夫ナカラダヲモチ」
「イツモシヅカニワラッテヰル」
人を理想としている。つまり冷暖房のない生活でもへこたれず、おいしいおかずがなくて漬け物だけでご飯を食べる生活にも文句を言わない人だ。栄養的には、そういう生活を長く続けると、いささかの問題は発生するかもしれないが、それを経済弱者として括って見るとしたら、まことに申しわけないことだ。

食べるものがない時の三つの選択肢

よく私は、半分冗談に言う。

「もし今晩、食べるものがなかったらどうするか、というと、人間には三つしかやる方法がないのよ」

第一は仕方なく水だけ飲んで寝ることだ。これはかなり辛いが、誰にでもできる方法だ。

第二は、乞食をしてみることである。もしかするとお恵み深い人に巡り合って、なにがしかのお金や食物をくれるかもしれない。

第三は、盗むことである。背に腹はかえられないから、食べ物の代金くらいは盗む。もっともこれはかなり技術が要る。私の母は昔、まだ私が娘時代に「将来お嫁に行って、食べられなくなり、一家心中を考えるまでに追い詰められたら、死ぬ代わりに盗みなさい」と私に教えた。（中略）

最近は、大新聞の記者までが幼稚で、言葉のあやとか、言語の陰影とかがいっこうに理解されない面もあるので改めて言っておかねばならないが、私は決して盗みをしろなどと奨励しているのではない。しかし世間には、信じられないほどの意外な落とし穴があって、人は自分で全く予想できない運命の渦に巻き込まれることもある。実はその一つが戦争なのである。

苦しい時は、「自然に」苦しむほかはない

前からたびたび書いているように、私はひどく精神的にもろい人間である。

母が脳軟化のあと失語症になった時、それは私にも伝染して、長い間、ものがなめらかに言えなくなった。いつもお喋（しゃべ）りなんだから、これでちょうどいいや、と私は自分に言い聞かせることにした。

不眠がひどくなって発狂恐怖がでてきた時……これはどうにもしようがなかった。

（中略）

その時、私は一人の神経科のお医者さんから「自然にする」ことを教えられたのだった。苦しい時は苦しむほかはないのだということ。眠れない時には起きていること。無理して小説を書くなどということは、外からみるとまったく不思議に思えるということ。

私は自分に対して苦笑することができた。私は図々しくも偉人になろうとしていたのかもしれない、と考えた。それはまったく滑稽なことなのだ。

弱さをはねのけず、暗示にかかってみる

ところで、強く立派に知的になるということは、暗示になどかからぬ、ということなのだろうけれど、私個人としては、やはりどうしても、暗示にかかる側にいたいのである。暗示にかかりにくい立派な人が、幸福であったためしはないように思う。かりに私がガンにかかっていて、主治医はじめ皆に「とんでもない、胃潰瘍ですよ」と言われた時、私なら「そうか、よかったなア。そう言えば何となく、胃の具合もよくなってきました」とにこにこするだろうけれど、これが暗示にかかりにくい人だったら「ウソはつかんでください。私にはよくわかっているのですから」ということになって、まったく当人も周囲も救われようがない。ただし、暗示にかかりっ放しというのも、少々責任がなさすぎるから、私は暗示にかかっているのだなァ、と半ば意識し

ながら、やはり辛くないように、暗示にかかっていようかと思うのである。

パウロの言葉「弱いときこそ、強い」を胸に

「自分自身については、弱さ以外に誇るつもりはありません」と書いたのは、初代キリスト教会を作るのに功績のあったパウロという人である。彼は初期のキリスト教会の信徒たちに宛てて、十三通の手紙を残したといわれるが、その中の一通、「コリントの信徒への手紙二」には、次のような言葉が続く。

「なぜなら、わたしは弱いときにこそ強いからです」

パウロは自分があらゆる苦難をなめたことに触れた後で、どの場合にも自分が弱かったことを告白しているが、その運命を嘆いてはいない。つまり自分が弱いことを認識した人間こそ、神の手を感じて強くなれるというパラドックスを示したのである。

重大なことはすべて一人でしなければならない

考えてみると、世の中の重大なことはすべて一人でしなければならないのである。生まれること、死ぬこと、就職、結婚。親や先輩に相談することもいい。しかしどの親もどの先輩も、決定的なことは何一つ言えないはずである。

すべてのことは自分で決定し、その結果はよかろうと悪かろうと、一人で胸を張って引き受けるほかはない。ほんとうに学ぶのは一人である。よき師に会い大きな感化を受けることはよくあるが、それも自らが、学ぶ気持ちがない限りどうにもならない。

自分に甘ければ仕事は成功しない

これくらい大丈夫だろう、というのは、城の石垣の隅石の一つを抜きとるようなものである。その日は何でもなくても、次第にくずれるか、長雨でも降れば倒壊する。

自分に厳しくあれば、必ず或る程度成功するのだから、不成功に終わりたかったら、自分に甘くすればいいのである。

避けたい苦しみの中に、人間を育てる要素がある

誰もが苦しみに耐えて、希望に到達する。努力に耐え、失敗に耐え、屈辱に耐えてこそ、目標に到達できるのだ、と教えられた。誰も苦しみになど耐えたくない。順調に日々を送りたい。しかし人生というものは、決してそうはいかないものなのだ。さらに皮肉なことに、人生で避けたい苦しみの中にこそ、その人間を育てる要素もある。人を創るのは幸福でもあるが、不幸でもあるのだ。

痛みに耐え続けるという目的もある

人はいつでも、多分人生の最後まで、大まかな流れには流されつつ、ほんの小さな

部分では、少し意図的に目的を持って生きる方が楽である。目的がない人生ほど辛いものはないだろう、と思うからだ。(中略)
何をその時々の目的にするかは、人それぞれで定型はない。しかしその目的の中には、たとえば私の現状のようにちょっとした痛みに耐え続けるということさえ含まれている、と私は感じている。

我慢、諦め、平然としていること

必要なお金がないのであれば、旅行も観劇もきっぱり諦める。何かを得る時は対価を払う、という原則を思い出さなくてはいけません。それができない時は、したくても我慢し、諦め、平然としていることです。

努力しても、叶わないことがある

多くのスポーツを支配しているのは、最近流行りの勝ち組負け組の思想だ。人間はそんなに単純なものではない。また望んで努力しても、その人がどんなにいい人でも、それが叶わないこともあるのが人生だ。

スポーツ選手たちはよく「がんばります」と答える。尋ねる方が答えようのない愚劣な質問をするから「がんばります」とでも答えておくより仕方がないのだろうが、この世には、がんばろうとしてもがんばれない病人も高齢者もいるのだ。そうした人の存在など全く視野に入れない単純さがスポーツ界の風土なのだというふうに私には思える。

糞尿回収業は、もっとも貰い仕事

就職先でいちばんいいと思ったのは、汲み取り式トイレの糞尿を回収するバキュームカーの運転手でした。臭(くさ)い、汚い仕事で、なり手がなくて日給が高い。私は、小さい時に母から「世の中で、汚くて嫌われている仕事をすることが、ある意味でもっとも尊い仕事です」と習いました。だから、そういう社会的に意味のある仕事でお金も儲かるならいいなと思っていたのです。

諦めることは、一つの成熟である

諦めることも一つの成熟なのだとこの頃になって思う。しかしその場合も、充分に爽やかに諦めることができた、という自覚は必要だ。つまりそれまで、自分なりに考え、努力し、もうぎりぎりの線までやりましたという自分への報告書はあった方がいいだろう。そうすればずっと後になって、自分の死の時、あの時点で諦めて捨てるほかはなかったという自覚が、苦い後悔の思いもさしてなく、残されるだろう。

金は人間の心を救わない

金が人間の心を救わない、というのは、決して「貧乏人」を宥(なだ)めるための「金持ち」の論理ではないのである。

人間は、金がないことによっても心が歪むが、同時にありすぎることによっても歪む。金持ちが不幸になるケースは、聖書にでも出てきそうな、教訓用の作り話ではなく、実際に多いのである。もしあの家にもう少し金がなければ、あの人はあれほど退屈に苦しむこともないし、小さなことにくよくよと悩むこともなく、病気さえよくなってしまうのではないかと思うことは多い。

第七章

平常心を保つ

――動揺は、自らをも破滅させる

人が並んで買うようなものは買わない

私は決して人が並んで買うようなものは買わない。人がつめかける店にも行かない。暴走を止めるという力に少しでも加わることが市民のささやかな義務だと思っているからだ。

しかし市民は必ずしも落ち着いていなかった。私の住む私鉄の駅前には、大きなモダンなスーパーがあって、地震のすぐ後には、入場制限の人が出るくらいだった。私は歯科医に行ったついでに、町を歩いてみた。これは小説家の務めのようなものだ。おもしろいことに、あまり人の行かない古くさい小さな店には、新しい大根もお豆腐も、インスタントラーメンも牛乳も、一本九十八円という特別安売りのお醤油まで売っていた。

人の行く方向に行ったら人生では何も見つからないのだ。人の行かない方向へ行けば、静かな小道でいつもの生活が続いている。梅も花盛り、じんちょうげの匂いが高い。平常心が香っていることを思わせられた。

トイレット・ペーパーなどなくても困るわけがない

オイルショックの時、トイレット・ペーパーもなくなるかもしれないというので、どうしてあんなに騒ぐのかわからなかった。既に私は、かなり世界各地を旅行していたから、インドシナ半島から西はずっと、紙処理文化などないことを知っていたからである。途上国、砂漠の民は、水で清めるのが普通であり、場所によって水すらない土地では、排便の後は石で拭くのである。

少なくとも水処理は、紙処理よりはるかに清潔だ。だから日本でも、冬、水が凍るような極寒の北海道などの土地以外では、トイレット・ペーパーなどなくてもほとんど困るわけがないのである。

行動は、その人の生き方全体を示す

庶民にできることの範囲は小さい。しかし皆がマーケットに食料や壜詰の水を買いに走る時に、立ち止まって買わない姿勢は、その人の生き方全体を能弁に示している。人と同じ行動に走ることにも、お祭り騒ぎに似た楽しさや、流行に遅れなかったという安心はあるだろう。しかし私は、付和雷同、勇気のなさを示しているように思われ、そういう人にあまり惹かれないのも事実である。

ミルクを溶かす水がなかったらお茶がある

初めて乳児には水道水を飲ませないように、という放送のあった午後、外出していた私は、駅でお茶を買った。その時はまだ水の壜は自動販売機に確かにあった。

しかしそれから数時間で人々は水を買いにマーケットに走り、パニック状態になった、とは言うが私はその情景を見てはいない。しかしそれ以来、自動販売機にずっとお茶はある。赤ちゃんのミルクを溶かす水がなかったら、お茶で溶けばいいだけの話なのに、何をそんなに慌てるのだろう、と私は思う。

非常用ガスコンロがあれば、水が飲め素麺も茹でられる

地震がおさまって数日目に、私は一部の水を入れ換えた。そして廊下や風呂場に並べておいて、家族や秘書にはそこを通る度に瓶を蹴っ飛ばして、と頼んでおいた。水は揺らしておけば腐らないという。大型貨物船が、長い月日をかけて航海をする場合、今なら海水から真水を作る装置を持っている船も多いが、昔はタンク内の「清水（せいすい）」は揺れ続けているから腐らないのだ、と私は聞いていた。

古い水だっていざとなれば飲めるかもしれない。それには最低限、煮沸すればいいのだ。だから我が家では、「スキヤキ用のテーブルにおけるガスコンロ」を、非常用としていつも用意していた。それで水も煮沸するし、素麺（そうめん）も茹でられる。

人間が生きるための原始的な姿勢

満五十二歳の時、私は友人たちとサハラ縦断の旅に出た。

この旅についても私は度々書いているが、私たちはラリーに参加したのではない。ただアルジェリアのアルジェから、象牙海岸（コートジボアール）のアビジャンまで八千キロを、可能な速度で移動したのである。ラリーと違うところは、私たちは途中千四百八十キロだけ、人一人住まず水とガソリンの補給の利かないサハラの深奥部を、自力で抜けなければならなかった点である。ラリーなら、途中で水と食料、何より燃料のガソリンも補給されるのだが、私たちはすべて自分で持って走るのである。

私はそこで、人間が生きるための原始的な姿勢を教わった。何をどのように食べるか。事故、病気、砂嵐に遭遇した時などにどう対処するか、限られた人間がほとんど外界と遮断されて暮らすのに、どのような精神的危機があるか、などについて知らされたのである。

予防薬を飲まず、マラリアから身を守る知恵

マラリアは予防的な薬もあるが、その錠剤を飲むと、薬に強い私も吐くほどになる。マラリアに罹る前に、別の臓器が冒されそうなので、私は飲まない。長袖を着て蚊に刺されないようにすること、マラリア蚊が出る夕刻に外を出歩かないこと、こまめに蚊とり線香を携帯すること、そして最後にこれが一番有効な方法なのだが、マラリア蚊には刺されても発病しないように体力を温存することなのである。夜遅くまでの飲酒、寝不足などは必ず避けることがアフリカで身を守ることなのである。

家族や友人が健康に穏やかに過ごせる偉大さ

長く生きてきて私がわかったことは、ほんとうに小さなことだ。日々、家族や身近な知人が健康に穏やかに暮らせることは偉大なことなのだ。大志が家庭を暗くするよ

うだったら、私は卑怯者だから、大志などさっさと捨ててしまう。

人を愛する、ということは、身近な存在から愛することだ、と昔カトリックの学校にいた時に教えられた。だから途上国援助も大切だが、順序としては、家族や友人から幸福にすることなのだ。

「安心しない」毎日が、認知症を防ぐ

今のところ、私の周囲を見回していて気づくのは、「安心しない」毎日を過ごすのが、一番認知症を防ぐのに有効そうに見える。誰もご飯を作ってくれない。誰も老後の経済を心配してくれない。誰も毎朝服を着換えさせてくれない。誰も病気の治療を考えてくれない、という状況がぼけを防ぎそうだ。

要するに生活をやめないことなのである。

実力相応の生活を見極める美学

中年になると、家族の中の高齢者の介護をし、毎週、野菜籠の中の余り材料をすべて使ったスープを作り、食材を捨てないことを目標に暮らす。

二宮尊徳は分度ということを言っている。今はあまり使われない言葉だが、人がしているなら自分も、という姿勢がないことだ。人間は平等でなければならないと世間は言うが、そんなことは子供の考えることだと私は思っている。ただし、誰もが個性的に暮らすことは平等に可能だし、そうなってこそおもしろく活力に満ちた社会が出現する。

私の友人たちは、自然にその美学を実行していたように思われる。つまり自分の実力相応の生活を知って生涯を生きてきたのだ。目的とする生活の指標の高さは、社会の制度ではなく、自分の眼で自分を見ることで決めていた。

強欲という滑稽で有効な情熱

強欲ということは、しかし考えてみると滑稽で有効な情熱である。砂糖を入れたかと思うほど甘い採り立てのエンドウを食べたいという情熱は、純粋というか、バカげているというか、素朴すぎるというか、まことにはっきりしすぎていて、若い時は恥ずかしいくらいのものであった。しかし今は、曖昧模糊としたものも、明瞭すぎるものも、ともにおかしく楽しく、そのまま人に話して笑えるようになった。

他人から理解されようと思うから無理が出る

私がもし同性愛の傾向を持っていたら、別に誰にも言わず理解も求めず、政府や社会の庇護も期待せず、二人だけの世界で生涯を暮らすだろうと思う。

他人に理解されようと思うから無理が出るのだ。理解されてもされなくても、現実はほとんど変わらない。医者は病気になれば診てくれるだろうし、肉屋も八百屋もパン屋も、同性愛者だからといって品物を売ってくれないことはない。

噂など、十年くらいほっておけば、そのうちに人々は飽きて、他の話題を話すようになる。噂と名誉は死後にまで持ち越せないのだ。だからいい加減にあしらって、ただ人間として精一杯生きればいいだろう。

噂は人間関係を成り立たせる上で極端に迷惑

人間関係を成り立たせる上で、しかし極端に迷惑なものがある、と私は思っている。その第一のものが噂である。しかし人間は、いやことに女性は心底、噂が好きだ。

噂は、八、九十パーセントが間違いだ。間違ったことを元に、人は何かを喋っている。

噂が、無味無臭というものもたまにはある。孫が生まれた、息子が転勤になった、震災で壊れた屋根の修復がやっと終わった、というたぐいのものである。

身の上話は言わず、聞かない

私は自分の身の上話をするのも、他人から身の上話を聞くのも、好きではなかった。相手の暮らしにどこまで立ち入っていいのかわからない。私は人が身の上話をしだすと、上の空であまりよく聞かない癖があった。「私ね、あの人にいろいろ相談されたんだけど」と得意気に言う女は世間によくいるのだが、私はそういう姿勢が好きではなかったのだ。せっかく相談しようと思ったのに、よく聞いてくれなかったと怒られたのは、生涯でたった一度だけだ。

その代わり自分のことも言わない。おもしろくもない話を相手に聞かせることになると思うと申しわけなくて、とうていそんなことはできない。第一、私のことなんか知りたがる人なんてまずあまりいないのだから、いい気になるな、と若い時から自分に言い聞かせているのである。

酒は時に「自己不在」を引き起こす

酒を飲むことは一向にかまわないが、酒を飲んで人格に極度の変化を来す、ということは、その人の精神の歯どめが欠けていることを示すものだろう。それはつい、かっとなって何の関係もない通りすがりの人を殺しました、というのと、本質的には違わない。どちらも、ついうっかりして、そこに自己が不在になっている状態に至っているのである。

一生に一回や二回ならいい、ということではない。一生に一度くらいなら、人殺ししたっていいじゃありませんか、という理論がなり立たないように、自分でありながら、自分を失うということは、やはり一回たりともあってはならないものだ、と私は思っている。

スイス連邦法務警察省の「民間防衛」の知恵

もう古い本だが、スイスの連邦法務警察省発行の『民間防衛』という本が、国民皆兵で常に近隣国からの侵略を意識している国家の日常生活を教えてくれたこともある。

国民は常に備蓄の義務を持っていた。

「乾パン、チーズ、ビスケット、肉、魚や果物の缶詰、干肉、チョコレート、インスタント・コーヒー、紅茶、乾燥果実、一人当たり一日二リットルの飲料水、雑用のための水一日二リットルなど」

「着替え、放射能よけ手袋、毛布寝袋、懐中電灯と電池、裁縫用具、紐、安全ピン、蠟燭、マッチ、キャンプ用飯盒（はんごう）、ナイフ、水筒、ラジオと予備電池など」

その他一人当たりの必要物資として、

「砂糖二キロ、食用油二キロ、米一キロ、めん類一キロ」

補足的な必要物資として、

「小麦粉、片栗粉、豆類、ココア、インスタント・スープ、石鹼、洗剤、燃料など」地震と同時に私の中で古い怒りを増加させたのは、政治家が、「皆さまが、安心して暮らせる生活」を保証すると選挙の時に恥ずかしげもなく大声を張り上げ、それを聞いている選挙民もまた、いい年をした経験豊かな老世代まで、「安心して暮らせる老後」などというあり得ないものを期待したことであった。

危機に学び、怠惰と甘えを揺り動かす

われわれの祖先である仕事師たちは、自然と相対しながら自然に学び、手を抜かず、自ら働いて自然の脅威と妥協する手段を学んだ。

同じようにもし謙虚に今回の危機に学んで、浮わついた生活から離れ、忍耐と技術を学ぶ世代が出れば、日本はさらに伸びるだろう。日本人は、本来は忍耐心も研究心も充分にある民族なのだ。地震が近年眠りこけていた日本人の怠惰で甘やかされた精神を揺り動かしてくれれば、多くの死者たちの霊も少しは慰められるかと思うのであ

る。

濃密な人生は、自分を正視する力にかかっている

老年でも青春でも、濃密な人生を生きられるかどうかは、自分のありようを正視する力にかかっている。しかし一見簡単なこうした操作も、勇気と心の健やかさがないと、恨みや憎しみに乗っ取られて、少しも平明に見ることができない。少し間違うと、老年は悲惨そのものの解決方法でしか答えが出せないという極論に走るかもしれず、それを賢く食い止める任務が先頭走者の日本人にはあると思われる。(中略)「お取り寄せ」の美食に熱中し、年より若く見えるために美容に狂奔することしか考えない人たちが年を取る時こそ、そこに空洞で荒涼とした救いようのない心的光景が待っている可能性もある。日本は高齢社会の充実の姿を、開拓して見せねばならないのだ。

ものごとを楽にする二つの言葉「できない」「知らない」

「できない」と「知らない」を言えれば、ものごとはすべて楽になる。もっとも私は男の人たちの中に、おそらく一生に一度も「そのこと、僕は知らないんだ」と言ったことはないのだろう、と思われるほど、何でも知っている人に時々会う。すべて知っている方がおかしいのに、それが秀才の気負いというものなのか、と気の毒になる。

しかし「知らない」と気楽に言えるためには一つの条件が要るらしい。それは一つだけ何かの専門家、玄人になることだ。そうすれば他のことは知らなくていいのだ。その一つの分野は、学問的なものでなくていい。料理でも、畑仕事でも、登山でも、木工でも、習字でも、茶道でも、昆虫研究でも、武術でも、一つだけ他人よりはほんの少し深く究めた自分の世界を確立した人は、「私はそっちの方は全然無知なんです。ごめんなさい」と素直に言って、それで世間も通る。

他人にどう思われても、自分の実像は変わらない。爪先立ちしたり、厚塗りの化粧をしたりしても、素顔は素顔なのだという現実を自覚すれば楽に生きられることが多い。

「人並み」を基準に羨むことはない

人は結婚することによって得るものもあるが、失うものもあるのだ。結婚しないとわからない人生もあるだろうが、一人でいることによって得る広々とした生涯もあるはずである。手にしていない人生を「人並みな形を基準に羨むことはない」と私は思っている。

これから花婿や花嫁のいない結婚式などが、やたらに流行しないことを望む。豪華な誕生祝いなら、ホテル業者だけでなく、友人たちも一生に一度のごちそうを食べられるチャンスとして、大喜びするだろう。

自分の資質に合った走り方がある

先頭を走ると風あたりが強くて、直感でものを判断しがちになる。反対にゆっくり走ると、周囲が倍の濃さで認識できることも多い。

しかし私はここで、どちらがいいと優劣を決めようというのではない。ただ自分の資質に合った走り方をしないと不幸になる、ということだ。

先頭を走ることにこそ意味がある場合と、先頭を走ってはだめな時がある。勇気を持って自由に緩急自在の走りを選んだ人こそ、逸材なのであろう。

それに後ろを走る人がいるから先頭がある。反対に前を走ってくれる人がいるからこそ、後列のゆったりとした思索も可能なのである。

人生は、運と努力の相乗作用

戦争の時も、私は自分が死にたいのでもないのに、明日まで生きていられないかもしれない運命に直面させられた。私は生きていたい、とそれだけを思った。私自身の努力で爆弾の直撃を避ける方法など全くなかった。

それ以来、私はこの世に「安心して暮らせる」状態などないこと、生きることは運と努力の相乗作用の結果であること、従って人生に予測などということは全く不可能であること、しかしそれ故に人生は驚きに満ち、生き続けていれば、びっくりすることとおもしろいことだらけだと、謙虚に容認できるようになった。

見た事を喋る人と、聞いた事を喋る人

私はだいぶ前からアラブ諸国へ出入りしていたので、その時に格言の本を買ってき

ていて、あまりにおもしろいので気に入ったところに赤線を引いてあった。改めて読み直さなくても、アラブの人達はつくづく賢いと思う言葉を既に選んであったのである。（中略）

その格言集の中に、

「賢い人は見た事を喋り、愚かな者は聞いた事を喋る」

というのがあって、別にアメリカがサダム・フセインをやっつけるために侵攻した事実とは何の関係もないのだけれど、私はこの格言がおもしろくてたまらなかった。

学歴もあり賢くて常識のある多くの女性達が、この愚か者のやり方で暮らしているのである。「何とかだそうよ」というようなニュースの捉え方は、時間の無駄使いそのものと言っていい。そしてまた、そのような会話しかしない人達を私達は陰で密かに「放送局」と呼び、用心してその人達には何一つ語らないようにしている。

疲れて動けなくなったら、一日の終息宣言をする

実は私は、若い時からすぐに疲れるたちだった。二十代には、ビタミンBの注射を自分で打っていた。そうでないと一日中眠たくてたまらない。そのうちにアメリカ製の総合ビタミン剤というものが手に入るようになってから、私のだるさは解消したかに見えた。ビタミンBにも1、2、6、12などという区別ができた頃である。何が効いたのかわからないが、私はそれ以来、思い込みで元気な中年を生きた。

しかしこの、疲れやすいという自覚は私に一種の解放感をもたらしたことは事実である。疲れて動けなくなったら、私は自分の仕事を終わり、大げさに言えばこれで運命は決したと思えばよいことがわかったのである。つまり私の体が、私にその日一日の終息宣言をしていることになる。

一時的な死である睡眠の幸福的効果

まだ死なない前に疲労をとってくれるものは眠りである。眠りは一時的な死なのだろうが、この上なく祝福された自己放棄の瞬間である。

第八章

絶望の価値を知る

――「自分は不幸」という固定観念をなくす

「欠落」が、私を鬱から救い出した

夕暮れの中で私はある感動にとらえられた。六本の連載をすべて休載してから初めて、私はその数時間だけ死ぬことを忘れていた。私はいつ夕飯を食べられるだろうかということだけを考えていたのだ。それは「欠落」によって得た輝くような生の実感だった。

鬱には断食がいいだろう、と私は今でも思っている。日本では、安全が普通で危険は例外だと思っていられる。飽食はあっても飢餓がない。押し入れは物でいっぱいで、部屋にあふれた品物が人間の精神をむしばむ。

もちろん世の中には、お金も家もなくて苦労している人がいるが、それより数において多くの人が、衣食住がとにかく満たされているが故に苦しんでいる。

人間の生活は、物質的な満足だけでは、決して健全になれない。むしろ与えられていない苦労や不足が、たとえようもない健全さを生むこともある。このからくりをもう少し正確に認識しないといけない。

思いがけない不幸が重厚な人間性を創る

埃（ほこり）だらけの戸棚の奥に、ヒヤシンスの水栽培用のガラス瓶が二個あるのを見つけて、私は今年はそこで花を咲かすことにした。とは言っても、都会では球根も買いにくくて、瓶は長い間空のままで放置された。（中略）
一個の球根には、早くもほんの小さな芽の兆しが覗（のぞ）いていたが、もう一個の方は、もしかすると運悪く腐った球根を売りつけられたのかもしれないという感じだった。水につけると芽の出ていた方からは、素早く髭根（ひげね）も出てきたが、芽生えの兆しもない方からは、一部に少し短い髭根が出ただけで、おそろしく発根の状態も悪かった。しかし球根が腐っていたのではないということだけで私は幸せだった。（中略）
それから週末に東京に帰ってくると、ヒヤシンスのガラス瓶には、大きな逆転のドラマが待っていた。初めに青い葉も髭根も出し生育もよさそうに見えた球根の根はまばらな上、あまり伸びていなかった。出遅れて芽生えの気配すらなかった方からは、長い髭根がびっしりと生え揃って、鍾馗さまの髭面を見るようだった。

私は呆気に取られた。私は自分の予想がいつもこうして覆されるのには慣れてはいた。ヒヤシンスを育てるベテランなら、さまざまな生育過程のパターンをある程度予測できるのかもしれないが、私にはすべてが「想定外」である。（中略）

人間も同じで、人は決して教育する者の予想通りにはならない。思いがけない不幸が、予想もしない重厚な人間性を創ることもあるのだから、私はいつも人に対して深い畏敬の念を抱き続けられるのである。

絶望があって、初めて希望を知る

私の知人から聞いた話だが、或る時、或る一家にひどい不幸が集中して起きた。父親が内臓の病気で倒れ、母親が代りに勤めていたが、夜、家へ帰る途中、町角で脳溢血をおこし、そのままそこに倒れた時はもう多分死んでいたのだろう、と言う。

その騒ぎの直後に、その家の中学生の妹が父親の入院費を道ですられてしまった。五万円かそこいらのお金だったので、一家の主になった高校生の長男はひどく困った。知人が見舞に行くと、しかしこの高校生は意外に元気だった。

「僕は僥倖を頼むわけじゃありませんけど、確率としてこれ以上の悪いことはもうなかなかでないんじゃないかと思っているんです」

とこの青年は言ったという。

これは立派な言葉だと私は思った。確率は夢ではない。この青年は未来に希望なんかあるかと思うほどひどい目にあった。人間がこれほどの不当な処遇を一人がまとめて受けることも知った。そこまで来て、初めて彼は逆に希望することを知ったのである。

死ぬはずだったサボテンの命が生きた

食堂に上がる階段の途中に何という名前か知らないサボテンが一鉢あって、去年、その一部が折れて垂れ下がっていた。もう元へ戻ることは考えられない。私はかわいそうになって、折れた部分を黙ってポケットに入れてきてしまった。出刃包丁くらいの厚みの葉で縁が大きな鋸状になっているのが特徴であった。

日本に帰って旅の後始末をしていると、パンフレットの間から奇妙なものが出てきた。例のサボテンの切れっ端であった。十日も経っているのにそれほどしなびてもいない。捨てるのもかわいそうで、小さな鉢にサボテンの土を入れて植えてやった。

私の仕事場の出窓の上で、その鉢は長いこと変化もなかった。しかし一月程すると、一番下の鋸の刃の根元に変化が現れた。若芽が吹いたのである。

若芽は今度は出刃包丁よりもっと薄く、端がギザギザになった繊細なペーパーナイフと言った方がよかった。それはすくすくと伸び、途中で一区切りつけたという形で別の葉を構成しては、まだ天まで届けとばかり伸び続けている。（中略）

イスラエルのサボテンの伸び方を見ると、時間を高さで計れるような気がする。それだけ自分の人生の残り時間は減っているのだが、そんな暗さは少しも感じられない。生きるのもいいけれど、死ぬから楽になることだってあるのだ。

戦争には、退屈だけはなかった

戦争の最大の不幸は未来がないことだった。しかしそこには退屈だけはなかった。一瞬一瞬が生に向かってまっしぐらであり、今生きていること自体が、純粋な結晶のように輝いている幸福があった。私は自分がそこから出発したことを幸運に感じる。そこを思い出さなかったら、どこが自分の原点になるのだろう。

ここまででも、このエッセイに腹を立てられた方も多いと思う。私は今後も悪と不純の楽しさについて書くつもりなので、その手の話のお嫌いな方は、この辺で本を捨ててください、とお願いする方が、礼儀を失しないのかもしれない。

災害は、「人を助けられる人」の魅力を教えられる

一生に一度くらい災害に遭う方が、人間ができるかもしれない。どんな人が魅力的

かということも、その時教えられる。人を助けられる人だ。ところが人間はなかなかそれだけの余力を持ち得ない。

災害はないに越したことはない。しかし、その時に学ぶものは実に多い。

不幸という得難い私有財産

どんな人間も、過去の不幸な記憶を持つなら、それを自分だけの財産か肥料にして、しっかりと自分の中で使えた人は作家にもなれるし、どんな職業にも就ける。それに対してそのような不条理は、国家か社会か会社か組織の責任だとして、不幸の原因を当面の敵に返還し、正義を叫ぶ人は社会活動家になる。

私は強欲だから、不幸という得難い私有財産を、決して社会にも運命にも税務署にも返却しなかった。私はそれをしっかり溜め込んで肥料にした。その嫌らしさが私の中年以後の姿であった。

一生は「天国と地獄」の繰り返し

余生というものを少しでもわかる年になって、初めて自分の眼もしっかりと落ち着いてあたりを見回せるのである。もしその人が、実際の視力ではなく、洞察力においていい視力を持っているなら、四十、五十くらいになるまでに、人生の天国も地獄も一応は「取り揃えて」見た、という実感を持っているはずだ。幼時に既に地獄を見たと思った人もいるだろうが、地獄も天国も長く続くものではない。するとまた、違う地獄と違う天国が見えてくることになる。だから退屈することもなければ、結論が出ることもない。

手を切られるか、脚を切られるかの選択肢

かつて内乱の収まった後の二〇〇二年にシエラレオーネに入った時、私は手足を切

られた子供たちをたくさん見た。内乱の時、反政府勢力（ミリシア）が子供たちを狩りだし、男の子は幼い民兵として訓練し、女の子には売春をさせた。さらに無意味に子供たちの手足を切り落とした。「アンピュテーション（手足の切断）」という、外科医ででもなければ必要のない英語を、私が初めて覚えたのも、この土地だった。

内乱が収まった後再び現地に復帰していたシスター・根岸美智子さん（故人）は、

「曾野さん、手を切られるのと、脚を切られるのと、どっちがいいと思います？」

と私に質問した。私は「もちろん脚でしょう」と即答したが、それは私が二度も足を骨折した経験があったからである。私は手に力があったので、その腕力を使って入院中も何とか人の世話にならずに生活した覚えがあったのである。脚がなくても、いつの日か義足をもらえれば、その人はほとんど人並に行動できる。しかし手がないと、その人は生涯、自分で大便の始末ができない。

私が今でもアフリカの内乱のニュースを他人ごととは思えないで読むのは、そこで私たちが人間を失うまいとすれば、どれだけの犠牲を払うことを覚悟すべきかを突きつけられるからである。私は未だに自分が果たして正しい答えを出せるかどうか疑問のままだ。たとえ出せたとしても、自分がそれに耐えられるかどうかも自信がないまだ。

食欲がないことは生の拒否への情熱

我が家の九十歳の夫となるともう自分ではできないことが多いから、そうもいかない。当人は原則「要らない」「食べない」ということに決めているらしく、食卓に座るや否や、眼の前のお皿を向こうへ押しやる。

そんな贅沢を言っていいの？　戦争の終わり頃、南方のジャングルを幽鬼のように痩せて彷徨っていた敗残兵たちは、あなたが拒否したお米のご飯だとか、柔らかいお豆腐だとか、しっかり出汁を取った味噌汁を一口でも口にできる日を夢見ていたのではないの？　人間の想像力というものは、実に貧困で適切な時に働かない。

食欲がないということは、生の拒否の情熱につながっていて、それは多分、ネガティヴな意味ではあっても、一種の哲学的なものだろう。そして私は、学者でもない市井(せい)の凡庸な人間の哲学というものを、或る意味で高く評価しているのである。

精神において人間は殺しも殺されもする

人生は熾烈(しれつ)な闘いである。戦争もない平和な日常生活でも、精神において人間は殺しも殺されもする。それを避けることは不可能と思う。

耐え抜いた人は、必ず強くなっている

病気、受験に失敗すること、失恋、倒産、戦乱に巻き込まれること、肉親との別離、激しい裏切りにあうこと、などを耐え抜いた人というのは、必ず強くなっている。そして不幸が、むしろその人の個人的な資産になって、その人を、強く、静かに、輝かせている。

不幸に負けて愚痴ばかり言っている人に会うと、チャンスを逃してもったいないな

あと思う。人間は、強く耐えている人を身近に見るだけでも、尊敬の念を覚える。暗く落ち込んでも当たり前なのに、あの人は明るく生きていると思うだけで惹かれる。あの人のそばにいたい。あの人と仕事をしたい、と思う。それがチャンスを生かしている人の生き方だろう。

悲しみを受け止める時、人はもっともみごとに人間になる

作家として暮らした長い年月の間に、私はたくさんの未知の読者からの手紙を受け取った。そのような形で、或る人の人生の片鱗を見せてもらえるなどということは、そんなに始終あり得ることではない。私はそれを一種の光栄だと感じ、居ずまいを正すような思いで読むことにしていた。

多くの手紙は悲しみにあふれたものだった。もちろん喜びに満ちたものもあったが、悲しみを受け止める時、人はもっともみごとに人間になる。私はごく自然に、悲しみこそ人間の存在の証だと思うようになった。それらの手紙に書かれたできごとは、珍

しいことかもしれないが、決して異常なものではなく、むしろ普遍的な健やかな人生の断面において輝いていると思うようにもなったからだった。

失敗したと思ったら、蒲団をかぶって寝るだけ

人間は時には利巧なこともするが、バカなこともする。利巧なことができたら運がよかったと思って喜び、バカなことをしてしまったら蒲団をかぶって寝ることだ。そのどちらも大して大きな差はない。私たちのやることは、すべてその程度のものである。

自分の劣等性を確認する爽やかさ

自立の能力を保つことは、易しいことではありません。
骨折の後、松葉杖をついていた頃、街角に立って、ここにいるほとんどの人は重い

荷物を持って十キロ歩いたり、走ったり、ジャンプすることも階段を駆け下りることもできるのだなと思いました。でも、私にはできない。私よりも年をとった人でもできるのに、私にはそんな単純なことができなかった。

その自分の劣等性を確認した時、爽やかな気持ちでもありました。自分というのはこういうものだった、これが私だ、と明確にわかって安心したのです。はっきりした自覚を贈られたことは、私の晩年の姿勢を限りなく自然体にしてくれるだろう、と思いました。

あるか、ないか、わからないものは、ある方に賭ける

私は一応カトリック教徒ですが、あの世があるのか、ないのか、わかりません。ある朝は、確かにあるような気がするし、ある夕方はないような気がします。絶対に証明できないことですから、どちらとも言い切れません。

ですから私は、「あるか、ないか、わからないものは、ある方に賭ける」ことにし

ているんです。

幸福は与えられるものではなく、自分で求めて取ってくるもの

自分らしい一生を送るために進路を決めて勉強をする場合も、求める心が強くなければできない。人任せで自分の一生のデザインはできない。「私を幸福にして」と言う人がいるが、皮肉なことに幸福は与えられるものではなく自分で求めて取ってくるものなのだし、同時に人に与える義務も負っているのである。

死者がどう生き、後世に何を残したかこそ回顧すべき

私は日本で言う祥月命日のお墓参りやご供養をあまり守らない。或る人が、何月何日に生まれたか、いつ死んだか、ということはあまり問題だと思えないからである。

それよりも、その人がどう生き、何を後の人々に残したか、ということの方が大切

だ。そして思い出すなら、始終、いつでも思いだしている方が自然だと思う。

これ以上、何を望むのかを自らに問いかける

サマセット・モームは九十一歳まで生きて、生きることに疲れたというけだるげないい文章を書いている。

「もうたっぷり経験しましたよ。すべてのことをあまりに何回もしすぎた、あまり多くの人を知りすぎた、あまり多くの本を読みすぎた、あまり多数の絵や彫像や教会や豪邸を見すぎた、あまり多くの音楽を聴きすぎた、と思う日があります。私は不滅の生命を信じていないし、望んでもいません。静かに苦痛なく死んで行きたい。最後に息を引き取ったとき、自分の魂が願望や弱点もろとも無に消えるということで満足です」

私はモームと違って死後の運命に注文を出す気もない。ただどんな運命も、平凡な人間として、大多数の人とともに従いたいと思う。しかしこの文章の前半は教訓的で

ある。私たちは多くの人に会うことも、本を読みすぎることも、絵や彫刻や教会や豪邸を、所有することはできないが、見すぎることは確かにその気になればできる。音楽を聴きすぎることも今日(こんにち)の日本では可能だ。そのようにして私たちは現世から多くを贈られ、これ以上のことを何を望むのかと、しっかりと自分に言い聞かすことはできるのである。

三番以下くらいで、人生がよく見えた

長い人生を生きてみると、一番どころか、全集に全く選ばれなくてもやってこれた。スパコンは一番でなければいけないらしいが、人間に関してはむしろそういう平凡な運の方が悪安定で長続きする面もある。

人生も社会の運営も、それほど違うとは思われない。一番機を飛ばさなくても、着実な経営の仕方に徹する方がずっとほんものだ。航空会社も大人になった方がいい。私は少なくとも、三番機以下くらいを飛んできたおかげで人生がよく見えた。

人間は、次の世代に希望とともに絶望も教えなければならない

老人になって最後に子供、あるいは若い世代に見せてやるのは、人間がいかに死ぬか、というその姿である。

立派に端然として死ぬのは最高である。それは、人間にしかやれぬ勇気のある行動だし、それは生き残って、未来に死を迎える人々に勇気を与えてくれる。それにまた、当人にとっても、立派に死のうということが、かえって恐怖や苦しみから、自らを救う力にもなっているかもしれない。

しかし、死の恐怖をもろに受けて、死にたくない、死ぬのは怖い、と泣きわめくのも、それはそれなりにいいのである。

人間は子供たちの世代に、絶望も教えなければならない。明るい希望ばかり伝えていこうとするのは片手落ちだからだ。

一生、社会のため、妻子のために、立派に働いてきた人が、その報酬としてはまっ

たく合わないような苦しい死をとげなければならなかったら、あるいは学者が、頭がおかしくなって、この人が、と思うような奇矯な行動をとったりしたら。惨憺たる人生の終末ではあるが、それもまた、一つの生き方には違いない。要するに、どんな死に方でもいいのだ。一生懸命に死ぬことである。それを見せてやることが、老人に残された、唯一の、そして誰にもできる最後の仕事である。

出典著作一覧（順不同）

『揺れる大地に立って』扶桑社
『安心と平和の常識』WAC　BUNKO
『哀歌（上）』新潮文庫
『哀歌（下）』新潮文庫
『悪と不純の楽しさ』PHP研究所
『神の汚れた手（上）』文春文庫
『神の汚れた手（下）』文春文庫
『言い残された言葉』光文社文庫
『老いの才覚』ベスト新書
『愛と許しを知る人びと』新潮文庫
『なぜ子供のままの大人が増えたのか』だいわ文庫
『貧困の僻地』新潮文庫
『安心したがる人々』小学館
『人間の愚かさについて』新潮新書
『人生の退き際』小学館新書
『緑の指』PHPエル新書
『絶望からの出発』講談社文庫
『日本人の甘え』新潮新書
『虚構の家』文春文庫
『人間にとって病いとは何か』幻冬舎新書
『人間の基本』新潮新書
『テニス・コート』文春文庫
『あとは野となれ』朝日文庫
『原点を見つめて』祥伝社黄金文庫
『風通しのいい生き方』新潮新書
『慈悲海岸』集英社文庫
『人間関係』新潮新書
『人は皆、土に還る』祥伝社新書
『本物の「大人」になるヒント』PHP文庫
『自分の財産』扶桑社新書
『謝罪の時代』小学館
『幸せの才能』朝日文庫

『靖国で会う、ということ』河出書房新社
『不運を幸運に変える力』河出書房新社
『晩年の美学を求めて』朝日文庫
『人生の第四楽章としての死』徳間書店
『完本　戒老録』祥伝社
『納得して死ぬという人間の務めについて』ＫＡＤＯＫＡＷＡ
『人生の醍醐味』扶桑社新書
『不幸は人生の財産』小学館
『昼寝するお化け』小学館文庫
『ただ一人の個性を創るために』ＰＨＰ文庫
『死生論』産経新聞出版
『誰のために愛するか』角川文庫
『続・誰のために愛するか』角川文庫
『バァバちゃんの土地』新潮文庫
『人間にとって成熟とは何か』幻冬舎新書
『老境の美徳』小学館
『人生の値打ち』ポプラ新書
『中年以後』光文社文庫
『夫の後始末』講談社
『二月三十日』新潮文庫
『人生の旅路』河出書房新社

曾野綾子（その　あやこ）

一九三一年、東京生まれ。聖心女子大学文学部英文科卒業。七九年、ローマ教皇庁よりヴァチカン有功十字勲章受章。八七年、『湖水誕生』で土木学会著作賞受賞。九三年、恩賜賞・日本芸術院賞受賞。九五年、日本放送協会放送文化賞受賞。九七年、海外邦人宣教者活動援助後援会代表として吉川英治文化賞ならびに読売国際協力賞受賞。二〇〇三年、文化功労者となる。一九九五年から二〇〇五年まで日本財団会長を務める。二〇一二年、菊池寛賞受賞。著書に『無名碑』『神の汚れた手』『天上の青』『夢に殉ず』『哀歌』『アバノの再会』『老いの才覚』『人生の収穫』『人生の原則』『生きる姿勢』『酔狂に生きる』『生身の人間』『不運を幸運に変える力』『靖国で会う、ということ』『夫の後始末』『人生の後片づけ』『介護の流儀』『人生の終わり方も自分流』『「群れない」生き方』等多数。

人間の道理

二〇二〇年一〇月二〇日　初版印刷
二〇二〇年一〇月三〇日　初版発行
著　者　曾野綾子
発行者　小野寺優
発行所　株式会社河出書房新社
〒一五一－〇〇五一
東京都渋谷区千駄ヶ谷二－三二－二
電話　〇三－三四〇四－一二〇一（営業）
〇三－三四〇四－八六一一（編集）
http://www.kawade.co.jp/
印刷・製本　中央精版印刷株式会社
Printed in Japan　ISBN978-4-309-02920-7
落丁本・乱丁本はお取り替えいたします。

河出書房新社・曾野綾子の本

人生の終わり方も自分流

老後の暮らしは十人十色。百人百通りなのだ。
他人と比べず、存分に人生を謳歌すればいい。
孤独は自由であり、老後こそ冒険できる時間。
常識にとらわれない独創的な老いの美学！

「群れない」生き方

ひとり暮らし、私のルール

生涯、魂の自由人であれ！　孤独の中にこそ、
人生の輝きがある。最期まで群れずに生き抜く、
世間に捉われない新たな老いの愉しみ！

曾野綾子
「群れない」生き方
ひとり暮らし、私のルール